谢雪丽 主编

华阳湖的故事

团结出版社
UNITY PRESS

图书在版编目（CIP）数据

华阳湖的故事 / 谢雪丽主编. -- 北京：团结出版
社, 2022.12

ISBN 978-7-5126-9832-1

Ⅰ.①华… Ⅱ.①谢… Ⅲ.①散文集—中国—当代
Ⅳ.①I267

中国版本图书馆CIP数据核字(2022)第213659号

出　　版：团结出版社
　　　　　（北京市东城区皇城根南街84号　邮编：100006）
电　　话：（010）65228880　65244790
网　　址：http://www.tjpress.com
E-mail：zb65244790@vip.163.com
经　　销：全国新华书店
印　　装：三河市嵩川印刷有限公司

开　　本：170mm×240mm　　　16开
印　　张：16.5
字　　数：197千字
版　　次：2023年1月　第1版
印　　次：2023年1月　第1版印刷

书　　号：978-7-5126-9832-1
定　　价：78.00元

清清湖水听琴音（代序）

咏 慷

麻涌镇文联的负责同志嘱我为其组织的征文选集《华阳湖的故事》写一篇小序，我无可推脱，欣然从之。其原因无它，概由于乡情使然。

这部作品的作者，或是土生土长、从来未离开家乡麻涌，或是祖籍麻涌、根系麻涌，或是近年来长期工作且已入籍麻涌（及其周边东莞诸镇）的作家……总之，他们都把麻涌视为自己的故乡，且都文学功底深厚，创作题材广泛，著述颇丰，风采独特，曾创作过不少优秀的文学作品、早已为广大读者所熟悉。他们长期在麻涌深入生活，作品的字里行间都充满了对这片热土的真挚感情。

散文创作的功能之一就在于以情动人。好的散文，必须有真情实感。胸中有情，才能善于提取；酝情著文，才能打动读者。

同时，好的散文必须有鲜明的思想性。哪怕只是记下日常生活中的一些生动细节或内心洞察，都要体现出较高的精神境界。

自然，好的散文必须有扎实的内容、有充满诗意的文采。

这部书中的大多数作品，显然都具备了上述特点。

为了写出关于华阳湖的散文，这些作者的足迹都踏遍麻涌的土地。他们最后留给读者的是一部情真意切、风格独特、有个性、有深度的书，这也能够给文学创作者或爱好者留下诸多启发和借鉴。

麻涌自古以来就有文学创作的优良传统。更远的暂且从略，仅在20世纪60年代，在麻涌代职担任党委副书记的著名作家（电影《羊城暗算哨》的编剧）陈残云就创作出反映水乡风貌的著名长篇小说《香飘四季》。这部佳作的书名，如今已经成为麻涌镇的响亮品牌。麻涌近年来文学活动更是十分活跃，吸引了不少来自各地的作家到这里深入生活，创作出了一些相当不错的作品。如今以"莞籍"作家为主的文学方阵写就《华阳湖的故事》，显然更有特殊的意义。

真实是现实主义的底色。故事与现实生活、现实逻辑的距离越近，越真实可信，越容易让观众产生情感共鸣。

细读《华阳湖的故事》，可看到王卫东、谢雪丽等麻涌镇文联的负责同志，在作品中比较详细地介绍了这些年麻涌（特别是华阳湖及其周边）的巨大变化；刘定富、王散木、莫寒、林汉筠等颇有成就的作家，真切地述说了华阳湖给他们的启示、感悟；萧穗玲、黄建东、胡见宇等众多与华阳湖朝夕相处的麻涌作家，更是细致入微地描摹出有关华阳湖的林林总总；当然还有一些其他地方的知名作家因仰慕华阳湖而有感而发，在一行行文字里让人聆听文学的足音……

总之，《华阳湖的故事》反映了以往文学作品中尚未集中表现的麻涌镇和华阳湖的故事，与一种宏大历史进程的神圣感连接在一起。在历史的嬗变中，华阳湖堪称一个时代的守望者，始终守望着一段不可磨灭的历史。我深感这是一部有意义、有内容、有价值、有特点，能激动人心的好书。它的问世，无疑为我们了解、研究华阳湖提供了很好的帮助。

多年来，我曾造访过中华大地的无数湖泊——浩瀚无垠的青海湖，水光潋滟的西子湖，傲视"世界屋脊"的那木错，环抱岳阳楼的洞庭湖，映衬滕王阁的鄱阳湖，藏着众多历史故事的昆明湖，跻身大学校园的未名湖……它们有的使人联想到鲁莽的壮汉，有的使人联想到富态的贵妇，有的使人联想到威武的将军，有的使人联想到睿智的学者，有的使人联想到沉吟的诗人……

在华阳湖畔流连，我仿佛听到清清湖水流淌所发出的美妙异常的天籁之音，不由得想起朱德元帅的诗句赞美："东湖暂让西湖好，将来定比西湖强。"那么，正在建设中的华阳湖是不是也会如此？将来某一天，它或许会超越过国内外许多著名湖泊，成为人们喜闻乐见的一处美景吧！我相信，并期待着。

2022 年 9 月 1 日

目 录

水乡巨变

南梅先生

岁月可以沉淀很多东西，也可以改变很多东西，生活在岭南水乡麻涌的人们，在时代变迁中尤其感受到乡村振兴中变化之大。如今，这个《香飘四季》原创地的风貌，较之小说中的描写已经发生了翻天覆地的变化：在刚刚出炉的 2021 年全国百强镇排名中，麻涌位列第 76 位。而麻涌的最好成绩，曾经排到全国百强镇第 35 位。就在刚刚公布的 2021 年东莞各镇街 GDP 排行榜中，麻涌崛起最明显，以 276.7 亿元排名全市 32 个镇街的第 13 名，整整上升了 13 名，可谓是乡村振兴中的最大赢家。

走进麻涌，暖阳如春。纵横的水网、摇曳的蕉林、错落的民居，岭南特色的祠堂，古韵犹存；而在华阳湖国家湿地公园周边的新城市中心，企业总部、中心商圈、特色街区、知名高校景点景观等鳞次栉比，生机盎然。这宋时立村之始名为古梅乡的地方，已然是梅花疏枝缀玉，缤纷怒放，有的白如瑞雪，有的绿如碧玉，形成梅海凝云的壮观景象，望梅亭、观梅楼、赏梅台、品梅阁，如繁星点点，一片梅花林就仿佛是一个人间仙境。

麻涌镇位于东莞市西北部，毗邻广州市，处于珠江三角洲腹地，小得在全国地图上难以寻见。20世纪60年代，著名作家陈残云到东莞麻涌公社——现在的东莞市麻涌镇蹲点体验生活，创作了长篇乡村爱情小说《香飘四季》。这部小说不仅把水乡人物形象刻画得个性鲜明，有血有肉，而且乡土气息浓郁，香蕉林、河涌、埠头、榕树、凉棚、粤韵等水乡特定的美景，被描写得美丽醉人，凭借这部小说的影响力，麻涌镇逐渐被更多的人知晓、关注。"香飘四季"被打造成了麻涌的文化品牌，"香飘四季"也成了麻涌的代名词。

以生态文明建设打造宜居宜业环境，以文、旅、新产业融合实现可持续发展，以水乡文化传承滋养文明乡风，如今的麻涌在乡村振兴的道路上愈行愈远，由一位朴素秀美的村姑摇身变为清新脱俗的大家闺秀，向世人展现出一幅浓妆淡抹总相宜的水乡盛景。

习近平总书记指出："乡村振兴是包括产业振兴、人才振兴、文化振兴、生态振兴、组织振兴的全面振兴，实施乡村振兴战略的总目标是农业农村现代化，总方针是坚持农业农村优先发展，总要求是产业兴旺、生态宜居、乡风文明、治理有效、生活富裕，制度保障是建立健全城乡融合发展体制和政策体系。"可以说，麻涌镇在实施乡村振兴战略中交出了一份令人满意的答卷。

一

对水乡麻涌来说，水污染治理是重中之重。

让我们先来看看《人民日报》关于麻涌的两则新闻：

东莞市以"水乡片统筹发展"为载体，抓住麻涌镇污染严重、经济发展落后等关键问题，投入3亿元补助资金大力整治华阳湖，采取"生态修复优先＋淘汰落后产业＋产业结构绿色转型＋生态文明共建共治共享"的"麻涌模式"，探索形成了生态保护优先、绿色经济协调发展的长效绿色发展机制。

——《人民日报》2019年9月18日

广东省东莞市麻涌镇的华阳湖，过去两岸工厂林立，如今清波荡漾、草木葱郁。截流治污、连通水系，综合施策让这里变成了湿地公园。

——《人民日报》2021年7月5日

《人民日报》两次提到麻涌，这可不简单。改革开放初期，处于珠

莞佛城轨——麻涌站（莫锐煊　摄）

三角中心位置的麻涌成为改革开放的前沿阵地，昔日宁静的水乡小镇彻底改变了那种日出而作、日落而息的鱼米之乡、田园牧歌般的模式，迎来了翻天覆地般的大变革，镇内工厂林立，经济社会飞速发展，城市建设也大为改观。只是这种粗放型经济建设短期内见效快，却忽略了对环境的保护，不论什么类型的企业、工厂，不管环保不环保，只要能带来效益都能开办。因此，麻涌集聚了一百多家漂染、电镀等重污染企业。华阳湖被林立的污染工厂包围，受生活垃圾、工业污水和废气的侵害，湖水是深黑色的，散发出浓浓的恶臭味。

人们开始怀念以前那个水是碧绿的、空气是清新的、河道是干净的，就像陈残云笔下的那个一切都是原生态的麻涌。

当年居住在华阳湖附近的村民坤叔经常到村委会、镇政府反映情况，可得到的答复让人很无奈：如果把有污染的工厂全赶跑了，麻涌还靠什么来带动经济？没有钱赚，还会有谁来麻涌经商、办企业和工作？一句话，经济发展成为当时压倒一切的大局。

历史的车轮滚滚而来。1997年中共十五大将可持续发展战略确立为我国社会主义现代化建设的重大战略，生态文明治理成为摆在各级党委政府面前的选修课。麻涌及时转变思想观念，以壮士断腕之气概告别传统生产方式，重建美丽家园。

在东莞市政府的支持下，麻涌党委、政府出台了《广东麻涌华阳湖国家湿地公园总体规划》，投入大量资金，污染企业整治、退出，围绕"水清岸绿、鱼翔浅底、水草丰美、白鹭成群"的目标，利用三亿元水乡统筹发展补助资金，有序推进生态修复，将华阳湖打造成融防洪排涝、环境保护、产业结构调整和新型城镇化建设于一体的生态圈。华阳湖国家湿地公园应运而生，呈现出一派野趣横生的自然湿地景观，成为东莞旅游靓丽名片。

华阳湖之秋（方健森　摄）

村民坤叔如今还住在华阳湖边，却变了个活法：周边街道、绿化、公厕、停车场等配套设施齐全，水上森林公园、灯光音乐喷泉、环湖绿道成了自家的"标配"，可以说是住在画中，行在绿中。

与华阳湖的变化一样，通过全面推动河长制、湖长制落实落地，麻涌水域内乱占、乱采、乱堆、乱建的现象消失无踪。全镇累计建成三十多公里的主干管网、一百多公里的次支管网、八十多公里的雨污分流微支管网，以及六座分散式污水处理站和三个提升泵站，同时完成了全镇四百多个排污口的整治工作，基本实现生活污水集中处理全覆盖。这些从源头治理改变水污染治理的有效举措，尽管短期内对经济有所影响，但却带来了巨大的发展空间与潜力，麻涌镇随后的社会、经济、文化的发展日新月异，同时，碧水蓝天的美好生态环境使麻涌成了真正意义上的"宜居宜商"城市，赢得了市民们的一片赞美声。

2021年东莞"寻找最美河长、最美护河志愿者，发现最美碧道"获奖名单出炉。麻涌陈俊贵获最美镇级河长，麻涌镇华阳湖碧道获选最美碧道，华阳湖国家级湿地公园建设项目以"游龙披锦，云舞浑涌"为设计理念，以"粤韵芳华香两样，一带碧水映古梅"为主题，建设"一带一湖四季八区"重塑岭南水乡风光融合生态效益、社会效益为一体。华阳湖湿地公园还全面融合了麻涌文化特色、岭南水乡风光和华阳湖生态本色，通过实施水环境治理、水资源保障、水生态保护与修复、水安全提升、景观与游憩系统构建等五个方面17个具体项目建设，和35公里的水上绿道，实现了治水升级，改善了周边群众人居环境，带动了产业升级，增强了华阳湖流域的活力，也提升了全域的吸引力。

从2016年起到2021年的五年间，麻涌镇连续被东莞市政府评为"河长制"考核优秀单位。其间，还被水利部授予"全国全面推行河长制湖长制工作先进集体"。

二

生态治理过后的麻涌亮出了发展的底色，绿色成为主基调。

结合麻涌的实际情况，镇党委提出提升城乡产业格局水平，全力推进城乡融合、产城融合。

在产业布局中，凸显集群集聚效应，形成新兴产业、食材供应链与中央厨房产业两大产业集群。牵住重大项目这一经济发展的"牛鼻子"，麻涌加快了一批重大项目建设，力促一批在建项目投产，督导一批已投产的达产达效。截至目前，麻涌镇共有重大项目 21 个，总投资额超 186 亿元。

在区块布局中，重点推进新城市中心区和滨江区建设，打造成为对接穗深港创新创意产业合作门户和新的经济增长点。

新城市中心区规划面积 8611 亩，依托佛莞轻轨 TOD 站点、轻轨 1 号线、莲花山过江通道等交通设施，借力水乡新城的辐射带动，引进战略性新兴产业和以绿色、智慧、健康为特征的轻柔产业，将产业功能、城市功能、生态功能融为一体，发展研发机构、企业总部、科研办公、人才公寓、高端住宅、医疗教育等项目，打造产城融合综合体。同时，推进 9 个城市更新单元共约 2700 亩项目开发，推进广深高速科创走廊两侧工业园区、麻涌大道新基工业区、新沙港后方工业园区"工改工"项目改造。

数字经济从概念变成现实，赋予麻涌更大的发展空间。作为广东省的数字乡村发展试点镇，麻涌加快数字农业示范镇建设，推进融媒体中心、智慧旅游体系建设，实施智慧交通工程。

2020 年被评为广东省数字乡村发展试点后，麻涌镇全力推进数字乡村发展试点工作，探索可供复制和推广的数字乡村发展建设模式，投入了 500 多万元推动智慧公共法律服务平台建设，智慧旅游与智慧交通平台建设，从点到线，从线到面，让群众享受数字化发展带来的各种便利。其中，在推动智慧旅游建设体系方面，麻涌依托华阳湖国家湿地公园、"古梅乡韵"乡村游等旅游资源，开发智慧旅游系统，建立"乐游麻涌"微信小程序和微信公众号，实现一部手机游麻涌。为解决"景点孤岛""旅游产业链孤岛"等问题，麻涌以"一个平台、十六大应用"解决全域旅游"线上＋线下"体验的一致性及资源优化整合难题，为市民出行提供了更大便利。

2021 年 2 月，总投资超 35 亿元的 7 个重大项目在麻涌镇集中开工，其中投资 6 亿元的东莞水乡平安信息科技港被更多投资者关注。项目落户于麻涌镇大步村，是水乡功能区首批引入的重点产业项目之一。尤其是从接触到建设仅用时四个半月的"麻涌速度"，让平安建投董事长兼 CEO 鲁贵卿至今仍津津乐道。

同在 2021 年 5 月，东莞战略性新兴产业招商大会上，麻涌镇签约了联东 U 谷湾区数字科技智造中心和中国中铁·东莞总部智造产业园两大项目，投资总额达 9.2 亿元。

在"十四五"开局之年，麻涌镇全面实施乡村振兴战略的点面布局，深入实施，镇村未来产业发展怎么干？从新基、麻一、大步等村可窥一二。

新基村加快推进商住类更新单元的改造，落实重大项目建设、高效盘活土地资源。

麻一村借鉴珠三角汽车博览中心项目成功经验，着重推动第三滘城市更新项目 300 多亩和中成片产城融合类更新单元 480 亩两个旧改项目。

大步村加快推进原大步纸厂及周边面积约 170 亩地更新单元改造，积极推动佛莞城际轨道 TOD 项目一期 700 多亩用地的建设。

产业多元发展助推集体经济加快转型、持续增效，麻涌新时代"三农"工作也有了新面貌。2021 年前三季度，麻涌镇村组两级集体总资产达 80 多亿元，经营总收入 4 亿多，经营性纯收入 3.3 亿元。

虽然疫情冲击仍在持续，但镇党委书记谭叙棉在做 2021 年政府工作报告时仍表达了未来经济持续逆势增长的信心。"以全面深化改革激活蛰伏的发展潜能，以高水平对外开放对冲逆全球化带来的不利影响，加快构建更高水平开放型经济新体制。"

三

通过生态治理和修复，实现美丽宜居村全覆盖。借着独有的优美自然环境，闲适自在的生活氛围，麻涌彻底改变了发展轨迹，"绿水青山就是金山银山"在变为现实。

事实上，近年来麻涌党委政府一直着眼于解决旅游短板，完善旅游配套设施建设，推进"智慧旅游"等，打造美丽乡村"升级版"。扶持都市农业乡村旅游，不仅是麻涌创建省全域旅游示范区的有力举措，也是麻涌深入实施乡村战略的抓手。

特色线路乡村游。在镇党委、政府推动下，麻涌整合镇域内龙舟、粤曲、祠堂、凉棚等水乡特色资源，先后投入 2.3 亿元建成"走进香飘四季""古梅乡韵"等美丽幸福村居项目，并隆重打造"走进香飘四季""古梅乡韵"等特色乡村旅游线路。

岭南水乡文化游。打通华阳湖"交通脉络"，对华阳湖国家湿地公园进行精准定位，打造高规格、高标准在大型岭南水乡文化旅游产业。以水、陆绿道串联全镇特色景点，发挥辐射带动作用，着力发展休闲游、乡村游、观光农业旅游。

现代农业观光游。统筹耕地资源2万多亩，推动传统农业逐步向以休闲观光、精品蔬果等为支柱的现代都市农业产业转变，建成一批初具规模的特色农业园区、乡村旅游金牌农家乐、家庭农场，打造了一批省、市级乡村旅游示范点，被广东省评为"休闲农业与乡村旅游示范镇"。

如今的麻涌，更多金融资本和社会资本涌入乡村，在加强农村基础设施建设的同时，一批批民宿、房车营地等旅游项目开业运营。村民们要么创办特色餐饮、特色民宿，自己当上了老板，要么从事餐饮、住宿等旅游相关行业工作，尽享乡村旅游发展红利。

华阳村的村民们，已经积极主动地融入乡村旅游的各个项目中，他们洗脚上田，从单一的农业种植，改变为旅游服务业等行业的多种经营，村民们的收入也翻了好几番，日子越过越红火。

如今"麻涌旅游"在全市扮演着举足轻重的角色，成为珠三角全域旅游的热门目的地，实现了经济效益、社会效益、生态效益的有机统一。2021年麻涌又迎丰收季，荣获了"广东省旅游风情小镇"，麻涌美丽乡村路线被认定为全省森林旅游特色线路。

再添省级旅游荣誉，麻涌的底气更足。进入旅游时代的麻涌，正向"全域旅游"加速转变，并以创建省级全域旅游示范区为契机，推进旅游与其他产业融合。

四

乡村振兴中麻涌镇始终强化党建引领，注重打造乡村振兴的新样板。镇党委不断加强党组织"龙头"在推动乡村振兴的引领作用，着力提升党的政治领导力、思想引领力、群众组织力、社会号召力，聚焦产业振兴的组织基础发展蓝图、营商环境、共建力量等关键环节，打造乡村振兴的麻涌样本。镇党委把思想认识坐标，强化镇委党校"1+12"布局，开展镇领导下基层讲课，"百场党史党课"进农村宣讲活动 120 场次，参与培训人员达 10000 人次，推动农村党员全员轮训和发展，党员"村培镇管"，专题举办集体经济，产业发展培训班 30 余场次，共同描述乡村振兴发展蓝图。乡村振兴战略实施以来，麻涌镇在"一镇一公园、一村一景点""千景绣东莞"等工作成果的基础上，融入了众多的党建因素与本土党建元素，致力建设了一批口袋公园，进一步完善公园体系，提升公园内涵。

2021 年，麻涌利用原来绿地、水岸边等，通过优化绿地提升建设，打造了漳澎法治公园、西桥公园和古梅路南等 3 个精品口袋公园，得到了当地居民与游人的一致认可。麻涌镇新基村充分利用本地传统祠堂文化资源，在祠堂内布置村史展览，创新村名德治教化，发挥群众的首创精神，在全市首开孝德讲堂，通过丰富祠堂文化内涵和开展多种形式孝德文化宣传，以孝德立本促村治，深化麻涌全域文明"一村一品牌"建设，让文明之花绚丽绽放。

与此同时，麻涌镇还在华阳湖湿地公园创建了大型党建主题公园。这是麻涌镇用好红色资源，延续红色血脉，扎实开展"乡村振兴中我为群众办实事"实践活动的一项重要内容。党建公园由三大区域组成，分别是"征程之园""力量之园""誓言之园"。分别宣传展示了"党的十九大精神""党的光辉历程""社会主义核心价值观""廉政文化"以及"乡村振兴"等内容。麻涌党建主题公园将党建工作与群众生活紧密融合，以图文并茂的形式，将党建文化呈现在广大党员群众面前，使党建文化达到润物细无声的效果。特别是充分挖掘本土党史资源建设的党史展览馆《北斗星下去延安》，已然成为华阳湖党建主题公园中最大的亮点。

蒲基村（何志良　摄）

五

如今，走进华阳村，村民们的笑脸墙格外醒目。一张张洋溢着幸福的笑脸，正是麻涌人小康生活的标签。

乡村振兴，离不开人性化的城乡环境的管理与治理。2021年，麻涌镇党委、政府实施11个城市品质再提升专项整治工程，成功打造了一批亮点，疏通了一批堵点，解决了一批痛点，整治了一批难点，使城市精细化管理工作做得更好，让群众更满意，为新一轮发展打下扎实的环境基础。

开展农村人居环境整治三年行动，对麻涌田间地头的5000多个窝棚进行了整治，建立了乡村振兴全域项目库，实现"公路通达率、通硬化路率、通公交车率"三个百分百。

增强教育服务经济社会发展能力，一方面加快公办中小学新建扩建，另一方面引入名校加大优质学位供给，在实施教育扩容提质方面取得显著成效。投入7000多万元进行麻涌二小、麻涌三小等教育扩容提质工程，新增公办学位1620个；投入6300万元推进古梅一中扩容提质；投入920万元落实学前教育"5080"攻坚任务；加快推进总投资15.3亿元的东莞市嘉荣外国语学校建设。

大力发展现代金融、高端商业、信息服务产业及相关配套服务，建设知名企业总部、水乡中心商圈、高品质生活社区。在周边规划配套功能区，统筹5000亩农地，打造集休闲旅游、文化娱乐、科普教育于一体的华南国际农创文旅产业园，推进"和乐漳澎""南繁盛景""曲水岸香"

等美丽乡村再提升工程，投资约 1 亿元，实施 57 个提升项目，全面提升农村人居环境、提高群众生活质量。

同样，品质交通是乡村振兴的重要一环。麻涌从交通拥堵治理、解决停车难、道路升级等方面发力，吹响攻坚行动的号角，全力推进品质交通建设。

大步村将花王庙桥拆除重建，更好地方便村民出行，着力提升道路交通环境；麻四村加快"一村一示范路"建设，海前桥拆除重建工程 2021 年 1 月顺利竣工，接下来计划把沿江西路和古梅路打造成示范路；新基村规划建设四个停车场，预计可增加上千个停车位，将大大缓解周边群众停车难问题。

与此同时，围绕水乡文化的独特性和多样性，麻涌镇在实施乡村振兴的举措时，注重历史文化名村、文物古迹、传统村落、传统建筑等文化遗产的保护工作，从优秀传统文化、乡村精神文化活动等多方面描绘乡村的美好未来，同时也留住了村民们"记住乡愁"的精神家园。

一座座文化主题公园内，体育长廊、文化雕塑、健身器材、篮球场、图书馆等一应俱全，一派生机。老人们在凉亭里拉弹吹唱、儿童们在草坪上嬉戏打闹，傍晚茶余饭后，绿道上散步的人成群结队，细数平凡琐碎日子的点点滴滴，尽显邻里相亲，外来劳动者与本地居民相处和睦。每逢节假日，麻涌镇宣传文化部门总会组织送电影、音乐舞蹈演出、文化艺术展演、粤曲等下乡活动，给村民带来文化盛宴和精神食粮。

水清河晏，福满麻涌。五十多年前，著名作家陈残云扎根麻涌，写出了名作《香飘四季》。《香飘四季》描绘的五十年前的水乡麻涌的河涌，开始在今天现实的时空复活，充满了"疏影横斜水清浅，暗香浮动月黄昏"的意境。

麻涌镇大力实施乡村振兴战略已经是硕果累累，2019 年广东省乡村振兴战略考核中，麻涌获评"优秀"，位居珠三角第六，东莞市第一。2020年，中共东莞市麻涌镇党委会获评为广东省乡村振兴先进集体，麻三村党委书记、村委主任袁绍居获评广东省乡村振兴先进村党组织书记。2020年，全镇实现生产总值260亿元，比2015年增长46.9%，固定资产投资总额104亿元，比2015年增长97.4%，总量连续三年全市镇街排名第一，社会消费品零售总额309.6亿元，增长12倍，增速东莞市镇街排名第一。

乡村振兴战略极大地促进了麻涌的全面发展，如今的麻涌已成为东莞经济社会发展最快的地区之一，形成了以粮油食品加工、港口物流、造船、高档玻璃建材、造纸、纺织制衣等为支柱的经济结构。先后荣获了"全国文明镇""中国现代港口物流重镇""中国最具特色魅力乡镇""中国粮油物流加工第一镇""国家卫生镇""中国曲艺之乡""全国生态文明先进镇""国家第四批美丽宜居小镇""国家一批绿色村庄""中国美丽乡村建设示范镇""全国群众体育先进单位""中国综合实力百强镇""华阳湖国家湿地公园""广东省教育强镇""广东省森林小镇"等国家级、省级荣誉称号21个。这是麻涌21个金光闪闪的名片，也是麻涌21张乡村振兴骄人的成绩报告单。

"产业兴旺、生态宜居、乡风文明、治理有效、生活富裕"，乡村振兴愿景蓝图已然绘就，麻涌这个八百年前的古梅乡，好似盛开在新时代乡村振兴沃土上的梅花，枝干苍劲，风姿高雅、清香隽永，花瓣润滑透明，让人过目难忘，立足东莞大湾区"双万"城市的新起点，麻涌正在积极对接融入"双区"和"建设大湾区现代化重要节点城镇"的乡村振兴新目标，麻涌的未来更可期待！

先辈瞩望着华阳湖

咏　慷

这些年只要有机会，我都要回东莞麻涌看看，那是我真正意义上的故乡。

故乡是一个家族生命开始的地方，因此在人心里占据着极深的一隅。我每次踏上故乡的土地，都必定要来华阳湖，都感觉到无尽往事一次次叩击心房。

来华阳湖，自然是乘船在湖中慢行最为惬意。湖水随着光线的变化呈现出多种颜色，岸上的建筑和草木以不同色彩投入湖水的怀抱，其倒影如同彩缎轻舞，画卷慢展，让人竟不知是景在水中，还是水在景中。四处传来啾啁的鸟鸣，清脆悦耳，空灵回荡，犹如天籁，真有心旷神怡之感。

尤其重要的是，华阳湖不仅因水草丰茂的独特自然风光而充满魅力，而且富有历史文化内涵。在历史的嬗变中，它堪称时代的守望者，展现着一段不可磨灭的历史。

华阳湖最吸引我的景观，莫过于屹立在湖畔的"党史展览馆"和党史宣传栏。

在参观时，我总是走得很轻、很慢，像是怕惊动了岁月积淀下来的庄严肃穆的意境。

我惊奇地感到，历史和现实强烈的色彩对比，竟然在不知不觉中和谐地统一起来了，精气神完美地融入华阳湖水，产生了令艺术家也会惊叹的美，爆发出极强的思维冲击力。

这岸边路旁，这湖水清清……使我脑海里蓦然冒出一个词"红色湖泊"——每当我细细回味这个词，心中便豁然开朗。

的确，从麻涌党史里展示的先辈身上，我感受到老一辈共产党人为国分忧、为民造福的情怀。他们就像我心中的一面镜子，读懂了他们也便读懂了我自己。回过头来看一看这些在历史长河中的先辈，其人生轨迹像是经过时光锤炼的寓言，其谆谆教诲至今仍然激励着我。

一册由陈一虹和我父子俩合著、解放军文艺出版社出版的《两代人诗词选》捧在手中，沉甸甸的。它装潢典雅、庄重、大气，很吸引爱书人的眼球，从其中能读出传记的味道、文学的味道、历史的味道。

父亲陈一虹有五言绝句曰：

共饮麻涌水，同怀报国心。

岭南花万树，游子盼乡音。

它使人想到：人生如湖水，是轻灵的，又是坚韧的、变化的。一般来说，少年如溪，青年如河，中年如湖，老年如海。

青年，无疑是人生最纯洁最可爱的阶段。陈一虹及其老战友莫伯治、田心、丁农、莫荫荷、莫完玉等的青年时代，就是充满无尽的美丽回忆。

回想百余年前，广东像一个舞台，供时代英雄编演史诗。"9·18"事变后，抗日救亡的宣传渐成规模，涌现出《抗战》《救亡》等数百种抗日期刊。一批批救亡图存的仁人志士如雨后春笋般拔地而起。

那一声声风、一声声雨，无不强烈地持续震撼着陈一虹及其战友田心、丁农、莫荫荷、莫完玉等的心灵。他们注意到，从1935年7月起，名记者范长江从成都开始了行程6000余里的旅行考察，第一次在全国性大报上真实报道了红军长征的行迹。1937年7月7日，日军一手导演了"卢沟桥事变"……次日，中国共产党即发表宣言，指出中国人民唯一的出路是"全民族实行抗战"。

党建公园党史展览（莫锐煊　摄）

密切关注国家命运的陈一虹及田心、丁农、莫荫荷、莫完玉等更向往"外面"的世界了。他们开始了苦苦寻找共产党的历程，决心投身到抗日救亡的爱国行动中。

麻涌乡第二高级小学校长萧庆廖和回乡学生莫逢湾组织起东莞县民众抗敌后援会第六区分会麻涌工作团。

陈一虹及田心、丁农、莫荫荷、莫完玉等积极参加了街头宣传、演戏、绘宣传画，出墙报等救亡活动，还自发组织了"新苗读书会"，凑钱买了《大众哲学》《列宁主义概论》等阅读。特别是读了斯诺的《西行漫记》，更使他们一心向往革命圣地延安，构成了其生命中光明的底色。

经过一段时间准备，经莫逢湾、莫伯治等指引，陈一虹及田心、丁农、莫荫荷、莫完玉等找到广州八路军办事处，开始在中国共产党领导下参加抗日救亡活动。陈一虹还不断写出一些诗词作品。

他们亲眼见到广州大轰炸——印着日本膏药旗的轰炸机呼啸着掠过上空，投下雨点般的炸弹。

经受了一整天炮火炙烤的珠江水，在夜间静得令人不安，参加医院护理伤员的陈一虹彻夜难寐，在《小重山（1938 年·日寇轰炸广州之夜）》一词中写道：

蝉叫蛙鸣又失眠。满怀心底恨，忆当年。珠江堤畔吊桥边。
轰炸里、风雨夜归船。

暴日寇幽燕。从军思报国，向烽烟。千锤百炼铁方坚，青山
外，必有更青天。

战争已逼到家门！陈一虹及田心、丁农、莫荫荷、莫完玉等心头都很沉重，联络了萧从宽、萧锦兴、莫藻鸿等人，请莫伯治以工作团名义写了介绍信，找到广州东山百子路十号八路军办事处，积极报名并提出学习后

立即上抗日前线。

几天后，他们被陕北公学顺利取录。陈一虹曾在《诉衷情（述志）》一词中写道：

奔波万里赴延安，抗日正艰难，河山大好沦丧，同胞被摧残。

辞故旧，别亲颜，约金兰。高飞远走，慷慨从戎，誓挽狂澜。

在延河边，他们都是当年便加入了中国共产党，如饥似渴地学习革命理论，参加军事训练，并到附近开垦荒地。当时学校每年只发一套单衣，冬天把单衣的夹层拆开塞上一点棉花，就算是棉衣了。广东人爱吃的大米被当成宝贝，一般人都是吃小米、高粱、棒子面等粗粮。在规定的 5 分钟吃饭时间里顾不上细嚼慢咽，也顾不上拣出饭里掺杂的谷粒、沙子。住的一排窑洞建在山野里，土坯垒的炕是通铺，铺下铺的是稻草，每天早晨共用一盆水洗脸，自己的膝盖就是桌子，石头就是板凳。

水是万物之源，无论延河水还是其他陕北的江河水中，都蕴藏了太多的神奇，它们像麻涌的河湖水一样，都闪烁着晶莹的光辉，温暖着陈一虹等火热的心。那段时间，在延河边，几乎每过几天就能看到他们的身影。

没有肥皂，他们就把要洗的衣被先泡在延河水里，泡透后反复用手揉搓，用木棒捶打；然后把衣服装在大篮子里，将一根绳子的一头捆在延河边的大石头上，另一头把篮子拴好放在延河，任凭清清的河水冲洗，一天一夜之后就算干净了。

天气稍一暖和，陈一虹和田心、丁农等就下延河游泳了。他们在中流击水，极力寻找着家乡的珠江、东江、麻涌河等江河的感觉。

在延河边，他们听过毛泽东主席作的报告，所坐的位置都离毛泽东主席不远，能看到他身上的衣服同样有大补丁小补丁。

毛泽东主席喜欢用通俗的语言来讲明复杂的道理，更善于用人们熟悉的事例做比喻。

毛主席的报告，使陈一虹和田心、丁农等如见雾破天晴，豁然开朗，一股激昂的情绪猛烈撞击着心坎。

为了执行党中央的六届六中全会决议，陕公、抗大要迁到华北战区，抗大在晋东南组建分校，陕公则到晋察冀改组为华北联大。毛泽东、周恩来和其他随行人员一起步履平稳地跑来代表党中央给大家送行。鼓掌声、欢呼声又一次震动了会场，震动了延安城四周的山谷。

1939 年 7 月 12 日，华北联合大学 1700 多人的队伍浩浩荡荡地从延安出发，经过延长、延川、清涧、绥德、米脂等县，过佳县后见到黄河……8 月 17 日，陈一虹等随队在佳县的盘堂至黑峪口一带，分批摆渡过黄河。

他们亲身经历了在奔涌的浪峰中乘木船强渡黄河的壮丽场面：浪峰喧啸的河面上，满载着八路军战士、华北联合大学学员的木船伴着浪峰，在枪林弹雨、硝烟弥漫中前进。排排丈高的大浪把船托上了峰巅，瞬间又抛进了波谷。他们的身子紧紧前俯在船檐上，一只手紧握钢枪，一只手伸到船檐外，以手代桨地奋力划着船……这场景非常生动而准确地表达了当年爱国青年一心干革命的崇高境界。

此后，陈一虹又多次沿黄河行走。他感到在北方的江河里，延河与黄河，都最能使自己联想到家乡的河。在自己涉足过的江河水里，唯有家乡的河与北方的延河、黄河最亮丽，最炫目，最活泛，最具生命张力，最能给人带来无限生机与希望。

黄河不仅仅是一条河，而且是与中国人民同种同宗的患难兄弟。他们在一起吃苦，一起抗日，一起打国民党蒋介石。

陈一虹当时沿黄河行进时，敌机一直在头顶盘旋，向下扔炸弹、扫射，溅起无数浪花和水柱……战士们义愤填膺，把机枪架在船上，一齐向天上打。河面上大小船只、木排在惊涛骇浪中接踵而进。他们终于胜利地渡过黄河。为了封锁消息，一路都是夜行军，翻越了巍峨的吕梁山，在娄烦镇东面徒步涉水过汾河，又爬过高耸的云中山。他们经过一天一夜60公里的急行军，终于抵达晋察冀边区的巩固区，胜利完成了从延安到敌后、历时3个多月、跨越黄河和汾河、突破同蒲铁路封锁线、行程两千公里的长途行军。

敌伪报纸不久便以"万余徒手共党越过同蒲线"的大字标题做了报道。这也恰恰说明敌人对我们无可奈何，共产党人是战无不胜的！

陈一虹行军途中曾在《七律（从陕北公学到华北联大）》一诗中写道：

雄雄赳赳学生兵，辞别延河去远征。

突破敌军封锁线，赢来群众笑欢迎。

精研马列勤攻读，抗日救亡献至诚。

掌握中央三件宝，驱除外寇向光明。

他还在《望江南（从延安到敌后）》词三首中写道：

青春忆，最忆是延安。千里崎岖寻圣火，神驰何惧路艰难。
赤子矢心丹。

求真理，窑洞读书忙。小米陋居虽是苦，广场听课最难忘。
血热化冰霜。

黄河水，日夜向东流。宝塔红星光照远，日军残暴海深仇。
敌后写春秋。

陈一虹等离开麻涌，一晃就是六七年，亲人、老师、同学……就如同
家乡的江河水，在他们心头淅淅沥沥地流淌着，仿佛很远，很迷蒙，又仿
佛很近，很清晰，难以道尽无穷感受。

他们来往信件中谈论最多的话题，除了这些年各自的经历，就是故
乡。他们都高兴地得知：为了更有力地打击日寇，东莞抗日"模范壮丁
队"和东宝惠边人民抗日游击大队以及广东人民抗日游击队第3、第5大
队早已汇合成广东人民抗日游击总队，并在1943年12月2日改称东江纵
队。他们的思绪都不禁飞回遥远的南方，飞回故乡东莞麻涌。

1944年2月，陈一虹被调到平西地委担任巡视员，在滹沱河畔直接参
加了前线的对敌斗争。他在《望江南（忆旧）》一词中写道：

崎岖路，战火历艰辛。北岳深山曾驻马，滹沱河畔步留痕。

犹记旧征尘。

战争的车轮如流星闪电，在中国大地上滚滚飞驰……日本不可战胜的神话，仿佛肥皂泡一般消失在硝烟弥漫的空气里。陈一虹被任命为6区（相当于县）区委书记。

张家口是当时全国解放区最大的一个城市。那一年多的时间里，他既担任区委书记，又兼任华北机器厂的党总支书记，后来还奉命筹办了《张家口晚报》。

陈一虹就是此时和河北姑娘杜九梅结为夫妻的。

1946年，他与调入部队的几位地、县级干部先后赶到晋察冀军区报到。陈一虹被分配到军区前方指挥机关——野战军政治部担任民运部地方工作科科长。这个野战军的编制后来演变为解放军第19兵团，司令员杨得志，政委罗瑞卿，副司令员兼参谋长耿飚。

陈一虹亲身感受到这是一支全新的军队，有一种独特的核心竞争力和难以限量的生长潜力。它里面的平等和民主激发了干部、战士的主动性，使得它拥有强大的战斗力和凝聚力，能够在极端险恶的环境下生存、战斗、发展、壮大。

陈一虹在民运部工作期间，除了随部队转战于冀晋、冀中两地区，经常在滹沱河等流域行军打仗。他在《卜算子（小捷归来）》一词中写道：

塞外雪花飞，马蹄声声碎。昨夜平原小猎归，缴获装车载。

百姓笑呵呵，俘虏排成队。指点边区子弟兵，威武人人爱。

1947 年 4 月，军区派陈一虹到军区卫生部白求恩医科大学附属医院担任政委。这个医院是接收日本人的一所侵华陆军医院改编过来的，刚从张家口搬到解放区，情况比较复杂。陈一虹受命从前方赶到军区卫生部报到，又赶到设在河北省唐县张各庄的医院。医疗设备和技术水平在军区堪

麻涌镇党史展览馆（莫锐煊　摄）

称最好，但全院思想状况复杂，院长和各科主任、医生、护士大多未经严格审查和思想改造，还有几名日本人和中国台湾人。他在党委会上力陈己见，据理力争，保护了好几位出身不好或被错误定性的同志，在政治上信任、工作上支持他们，充分发挥其特长，使他们不负众望，均为人民作出了贡献。对战士提出干部多吃多占，陈一虹和其他领导决定：连、排级干部一定要到战士食堂，每天要派两人帮厨，月底公布伙食账目。机关按标准吃大锅饭，不准另开小灶。他在《七律（记晋察冀军区白求恩国际和平医院）》一诗中写道：

北岳群山战火飞，唐河两岸插红旗。大夫典范传中外，国际精神播远思。建院育才花茂盛，救人治病术精奇。为民服务人民敬，赢得边区众口碑。

一年后，陈一虹又被调到军区炮兵团担任政治处主任。1949 年 6 月，他又跟随原在华北的第 19 兵团再次跨过黄河。

兰州城就在黄河岸边，此番第 19 兵团兵临一线，在彭德怀司令员指挥下，与兄弟兵团两面夹击，于 1949 年 8 月 26 日抢占了黄河铁桥，截断敌军逃跑的退路，并迅速攻入城内与敌人展开激烈巷战，全歼守敌，解放了兰州城，取得解放大西北的决定性胜利。

1950 年夏天，朝鲜内战爆发。美帝国主义公然宣布支持朝鲜李承晚政权参加朝鲜战争，同时命令美军第七舰队开进台湾海峡。战火很快便燃烧到鸭绿江畔。

中共中央和毛主席认为现实直接威胁到新生的中华人民共和国，果断地决定出兵抗美援朝、保家卫国。

10 月 5 日，毛主席和中央军委命令第 19 兵团开赴山东兖州、泰安、滕县地区集结待命。

陈一虹在《七律（进军西北到出国援朝）》一诗中写到那段时间的难忘经历。

西兰公路进军时，车炮长驱战马嘶。

攻破兰州平夏地，驻屯陇上练兵机。

宝天隰路施工紧，渭水河边嫩麦肥。

耳畔又传新号角，援朝抗美跨征骑。

1951 年 2 月 10 日，第 19 兵团根据中央军委的命令，从兖州到达辽宁安东（今丹东）市，跨过鸭绿江入朝作战。

鸭绿江浪滚滔滔。安东与朝鲜新义州之间的鸭绿江大铁桥是我国通往朝鲜的唯一铁路桥，由于美国飞机的狂轰滥炸，经常要进行抢修，整个兵团部队要从这唯一的桥上通过十分困难，所以除兵团指挥机关乘坐的几节车厢从桥上通过赶赴前方外，其他部队分别从另外几个渡口架设浮桥跨过江去赶赴前线参加战斗。

陈一虹要随时受命参与起草兵团党委和政治部上报下发的文件电报，

不能离开首长身边，便随兵团指挥所一起行动。第 19 兵团指挥所乘坐的这几节专列，赶赴前线途中，在临津江北几座山洞之间，曾遭到美国飞机跟踪追击。列车在清川江两岸几个山洞之间与敌机捉迷藏，并派出高射机枪射手隐蔽登上山顶打得敌机不敢低飞，终于脱离了险境。

陈一虹曾写下一首《七绝（抗美援朝浴征尘）》：

出生入死俱忘身，抗美援朝浴征尘。
卡尔在天曾佑我，敌机无奈怨谁人！

他们行进到一个车站之后，由于敌机轰炸，路轨被破坏，不得不换乘汽车。没想到乘汽车也非常困难，白天敌机很多，夜间飞机投下许多照明弹，照耀得如同白昼。照明弹过后，汽车也只能闭灯开进。

部队一踏上朝鲜的土地，战争的烟云便扑面而来。到处都是断壁颓垣，几乎看不到一个完整的村庄，肥沃的田野上荒草丛生，弹痕累累。美军飞机不时三五成群地穿梭低飞，轰炸扫射，升起一柱柱黑烟，远处时有隆隆的炮声传来。战争给人们带来的是灾难，破坏了人民的和平生活，面对这种环境，更激发起部队对美帝国主义的深仇大恨。

2 月 20 日，第 19 兵团指挥机关到达朝鲜后第一个集结地点殷山。这是一个靠山的村庄，由于战争的破坏，看不到几间房子，兵团部就在靠山崖子边挖了几个洞，外面搭一些树枝隐蔽作为指挥所，部队都分散宿营在树林里。

山间的溪水喷珠吐玉，与麻涌的流水颇为相似。3月7日部队继续向南开进，到达开城以北的市边里、南川店、新溪一带集结。兵团司令部、政治部机关驻在笃庄洞。部队在这里进行战前练兵，进行团结战斗优良传统和爱护朝鲜一山一水、一草一木的国际主义教育。

第19兵团司令部简陋的营房全都依山而建，酷似猫耳洞式的建筑，前边露在山外；后边嵌进山里，延伸下去还连着防空洞。杨得志、韩先楚、李志民、郑维山、陈先瑞、旷伏兆、曾思玉等著名将领，也都和战士一样住在那种简朴的屋洞相连的地方。

严酷陌生的战场环境，武器装备远远落后于对手，远离后方补给困难，制空权、制海权完全掌握在敌人手里，一个个严峻考验在等待着志愿军将士。历经2年9个月的抗美援朝战争，以中朝人民的胜利而结束。停战后陈一虹被朝鲜政府授予抗美援朝勋章。

在三年多的抗美援朝战争中，陈一虹一直在第19兵团领导机关工作，最初担任政治部秘书科长，不久升任秘书处副处长，后又调任兵团党委兼司令部办公室主任，其间还有几个月受命到志愿军总部参加政治各种经验总结的编写。人手少、任务重，加班加点是常事。

至于写材料，更是要煞费苦心。但是陈一虹感觉它很有意思。这种"意思"远比读一般的书深沉，因为时时刻刻都要动脑筋。很多想法永远不可能呈现在材料里，可是对于个人，却成了非常难得的经验。

有一段时间，为了做好回国战俘的工作，专门成立了"俘虏解释团"。这是一项政策性很强的工作，为了将其圆满完成，他们特地请来外交部的乔冠华、黄华等专家来兵团讲课，做好了充分准备。战俘们回到兵团，看到战友们专门搭筑了一座高大的"凯旋门"，禁不住热泪盈眶，深深地感到革命大家庭的温暖。

停战之后，随着与国内群众、驻地朝鲜人民交往的日益增多，部队群众工作的任务也空前繁重。那几年，国内慰问团和来慰问的朝鲜群众很多，兵团特别注意对指战员进行遵纪守法的教育，使部队没有发生这方面的问题，始终鱼水情深。

那时部队文工团确实有存在的必要。陈一虹下基层看到文工团下部队演出时发现，战斗在第一线的战士非常渴望文工团去演出。因为他们不是机器人，也需要娱乐和艺术。

有些文工团员说："舞台就是战场，大家是拎着脑袋在坑道里表演。"

他们除了给前线官兵进行慰问演出，还要搬运弹药，或在人手不够时帮忙照看伤员。

一次，国内有一规格很高的大型慰问团来访，兵团首长亲自召开会议，具体研究如何做好接待工作。他考虑到兵团驻地条件较差，为了让祖国人民的代表居住条件好一些，特意将其安排到开城。巴金、梅兰芳、常香玉、徐玉兰、王文娟等文化界名人知道了都十分感动，深入部队采访、演出都更不遗余力。

停战之后，由于条件的限制，要改善生活，也必须自己去创造条件。在兵团党委领导下，部队发扬"南泥湾"的传统，因地制宜地进行了一些农副业生产，通过自己的辛勤劳动，使生活获得改善。

陈一虹曾写下《蝶恋花（从军乐）》一词：

　　二月雪花飞朔漠，跨海东征、背负亲人托。突出奇兵鸣鼓角，雄师十万惊山岳。

　　绿水青山皆踊跃。千里长驱、誓把蛟龙缚。我为人人人自觉，沙场杀敌从军乐。

　　这场战争，他们以大无畏的革命英雄主义精神，战胜各种难以想象的艰难困苦，爬冰卧雪，风餐露宿，与武装到牙齿的现代化强敌浴血奋战，创造了以劣胜优、以弱胜强的战争奇迹。志愿军在战争中伤亡 36 万多人，有 13 万多名烈士与共和国主席的长子毛岸英一起，把最后一滴血洒在了朝鲜大地上。

　　通过这场战争，人民军队取得了进行现代化战争的经验，造就了一大批适应现代作战需要的军事指挥人才，部队作战能力和军事理论提高到了一个新的水平；打出了国威军威，戳穿了美军"不可战胜"的神话，保卫了新中国的国家安全，巩固了二战以后的东亚战略格局；全世界开始对新中国刮目相看。

　　1954 年 10 月，军委总政治部致电志愿军和第 19 兵团，指名调陈一虹到军委办公厅工作。能够得到军委领导的信用，是一件多么令人钦羡的事！他 11 月回到北京，担任军委办公厅秘书处副处（局）长。

　　北海和中南海的湖水，使他常常情不自禁地想起家乡的河湖流水。

陈一虹在军委办公厅的具体任务是负责中央军委文件电报的处理和军委常委会议、办公会议的文件编印记录、处理等事宜，也经常参加一些重要文件的讨论和起草，常见到彭德怀、贺龙、罗荣桓、徐向前、聂荣臻、叶剑英元帅和粟裕、黄克诚、陈赓、罗瑞卿、杨成武、肖华、张爱萍、张宗逊、洪学智等高级将领，并经常受领他们交办的一些工作任务，长时间地"泡"办公室里，顾不上回家。

稍稍有一些业余时间，陈一虹基本上都用到读书上。他的书柜里放有不同时期出版的各种版本的马、恩、列、斯的著作和《干部必读》。当时社会上出版的各类新书，军委办公厅资料室大都会及时购来。对这些丰富的图书，他也大都借来阅读过。陈一虹爱学习、喜看书、好思考，比较能接受新鲜事物。他能从一个基层部队的普通干部脱颖而出，担任高级机关的干部，勤奋好学、知识面较宽、有一定思想水平和文字水平无疑是一个重要因素。

1955 年 9 月，中国人民解放军第一次实行军衔制度，陈一虹被授予上校军衔，并被授予独立自由勋章和解放勋章。

平心而论，当时陈一虹的军衔不算低，比起同年龄、同资历的干部还稍高。但他并未以此作为自傲的资本。后来由于种种复杂的原因，如家庭出身不够"红"、社会关系不够"纯"，参加革命后虽也经过一些磨炼，但总有一些小知识分子的清高习气，不善于搞关系等，一些入伍时间比他晚，年龄也比他小，1955 年授衔时只是中校甚至是少校的干部的职位赶上了他，有的还成为他的上级。对此，陈一虹都能以平常心对待，对他们都很敬重，交谊很深。

在这十多年中，军委召开的一些重要会议和重大活动，如在北京召开的几次军委扩大会议，1963 年在广州召开的讨论战略方针的军委扩大会议等。那段时间，陈一虹的心中常一次次充满一种大战前特有的紧张、亢奋。

我脑海中总不由自主地会浮现出这样一个奇异的场景：父亲陈一虹及其从麻涌走出的老战友们，总会深情地瞩望他们虽没来得及见到，但却一直神往、惦念的故乡的华阳湖——金色的夕阳撒在湖面上，偌大的湖面倒映着各种植物，尤其是大片的荷花盛开，穿过层层叠叠的荷花，暖暖的晚霞照耀着水榭楼台，与其遥相呼应的是标志性的玲珑宝塔，塔在湖的中央、四周都能够看得到它，小小的游船出现在画面中，把人们带到乘舟游览太湖、昆明湖等一系列美景的记忆中……

智慧的所罗门王说过，"一代过去，一代又来，地却永远长存"。一代代逝去又来的是人，永远长存的是土地及其上的河流、湖泊。土地及河流、湖泊将永远存在于那里，承载着万物，也承载着人类。历史，就在这厚德载物的土地及河流、湖泊上书写。不必一再地咏叹"江畔何人初见月，江月何年初照人"，日月恒久，土地长存，生命的苍茫与土地及河流、湖泊的苍茫实为一体，生命的故事都建基于此。

陈残云写《香飘四季》的故事

刘定富

著名作家陈残云曾三度到东莞挂职，第一次是 1958 年春至 1960 年夏，第二次是 1964 年 5 月至 1965 年春，第三次是七十年代中期。陈残云在东莞的日子里，他不是以作家的身份来"体验生活"的，而是以一个基层领导干部的身份参加了县委，一个时期还兼任了个地方的党委书记，在麻涌等东莞水乡蹲点。 第一次东莞挂职后，陈残云创作的长篇小说《香飘四季》，产生了广泛影响。1958 年春天，陈残云下放到东莞县担任县委副书记。在任期间，他头戴竹笠，身穿土布衣，高卷裤脚，光着脚板，走遍东莞的河涌、田野、村庄，和农民一起犁田、耙田、推泥、插秧 、"双抢"。陈残云于 1960 年夏调回广州后，便开始酝酿构思，年末正式动笔。在创作中，他日日激情澎湃地神游于河涌交错的"东涌村"，和小说中的人物同忧愁共欢乐。到 1962 年春，37 万多字的长篇巨著《香飘四季》便脱稿了。小说前 10 章先在《羊城晚报》连载，1963 年在作家出版社和广东人民出版社同时推出单行本。仅广东人民出版社就再版 5 次，累计印行 33 万多册。

1963 年 10 月 26 日，《羊城晚报》专门在东莞县城举行了《香飘四季》读者座谈会。与会的当地干部和农民群众在发言中，一致肯定作品真实地表现了水乡儿女为摆脱贫穷和落后而战天斗地、奋发图强的革命精神。1963 年 11 月 7 日《羊城晚报》刊发陈残云的《我写〈香飘四季〉的一些考虑》：

> 小说中的人和事是从哪里来的？基本上都是虎门、麻涌、中堂三个公社的事。我到虎门的时间较短，到中堂、麻涌的时间则长些。借修水利来表现群众的冲天劲头，这个想法就来自虎门。书中写的人和事不都是真的，蛇窝不是麻涌的蛇墩，中堂公社真的有东涌、西涌，我原先也不知道，许多公社、大队的同志觉得书中的人物像社里队里某个人，看来书中的人物还有些概括性。书中描写后生仔找不到老婆的情况来源于大盛村，因为生产搞不好，妇女就外流，我曾对大盛的总支书记陈材说过：生产面貌不改变，你们就找不到老婆。（转问郭同江同志：陈材找到老婆没有？郭同江：已经找到了。）书中徐金贵、林吉这类人来源于麻涌，较多的形象来源于槎滘和大步。

从陈残云的自述看，《香飘四季》的故事原型地分别是虎门、麻涌、中堂三个公社，而不仅仅是麻涌，但麻涌是最重要的原型地。

1958 年至 1960 年陈残云挂职东莞县委副书记，在麻涌蹲点时间较长，他光着脚板走遍了河道交织的村落，与村民同吃同住同劳动，收集了大量素材。麻涌镇立村于宋，至今已有八百多年历史。由于先人爱梅，立村之初名为"古梅乡"。古梅乡原属广州府宝安县所辖，之后于明朝初期划归东莞县中堂区管辖。由于此地四周河网密布，同时岸边耕地又以产麻为主，又改名为"麻涌乡"。新中国成立前夕麻涌归东莞新四区所管。新中国成立初至1952年划入东莞县第八区。1953年土改后，又划为东莞县第十四区，称为麻涌区。1958年成立麻涌人民公社，1983年改为东莞县麻涌区。1986年，东莞县设市之后，麻涌也随之改镇。

陈残云说："书中徐金贵、林吉这类人来源于麻涌，较多的形象来源于槎滘和大步。"陈残云与麻涌镇大步村的关系非常密切。陈残云以大步

大步村河道（何志良　摄）

村人物为原型，创作出长篇小说《香飘四季》，已经成为该村的一张文化名片。2015年，麻涌镇以大步村为起点，保留凉棚、祠堂、埠头、小桥、榕树等元素，通过种植水生植物、建设岸上游览绿道等内容，以香飘四季文化和乡土故事串联各景观节点，所推出的"香飘四季"乡村游项目，每年吸引数万名游客慕名游览。1964年"珠影"根据《香飘四季》改编为电影《故乡情》，并驻大步村实地取景拍摄。1994年村办公楼落成，陈残云为之题字"大步办公楼"。1995年陈残云偕夫人黄新娥与作家韦丘重到大步村观看龙舟大赛，并作诗留念。

陈残云说："书中描写后生仔找不到老婆的情况来源于大盛村，因为生产搞不好，妇女就外流，我曾对大盛的总支书记陈材说过：生产面貌不改变，你们就找不到老婆。（转问郭同江同志：陈材找到老婆没有？郭同江：已经找到了。）"大盛村也是麻涌镇下辖村。麻涌大盛村人郭同江，自学成才，自编自画十多套连环画

大步村陈残云雕像（莫锐煊　摄）

以及其他具有浓郁的水乡生活气息的作品，反映了水乡人民改天换地的工作生活，成了远近闻名的"农民画家"。郭同江参加了 1963 年 10 月 26 日在东莞县城举行的《香飘四季》读者座谈会，与陈残云比较熟悉，所以陈残云向他打听大盛的总支书记陈材有没有找到老婆。

麻涌镇漳澎村作为大盛村的邻村，在陈残云的散文集《珠江岸连》的开篇之作里便已经出现了。《珠江岸边》的开篇之作《水乡夏夜》（原载 1958 年第 10 期《作品》），描写陈残云与人划着小艇子，离开珠江岸畔的漳澎村，到"香蕉的家乡"麻涌乡去。漳澎村是麻涌境内最后成立的行政村，历史上曾命名为"平乐乡"。漳澎村是麻涌镇内面积最大，人口最多的行政村，同时也是东莞人口第一大村。

陈残云以麻涌为原型地的《香飘四季》，作品从头到尾浸染上浓郁的水乡的色彩。打开小说，如同走进秀色满眸的南国天地，满地是蕉杉、果木、田野一片金黄，迎面扑来阵阵稻香，一派南国多姿多彩的秀美景色：

> 傍晚，小河环绕的东涌村，冒起了絮絮炊烟。
>
> 天空晴朗，淡黄色的夕阳照着田野，照着香蕉林，照着纵横交错的小河道，村外的小河静悠悠地流，流过一道小木桥，弯弯曲曲地向前流去。
>
> 夜，清凉如水，阵头雨下过了，地上洁净清爽，半空中浮游着一层雾气。月光从幻变多样的云彩中泻下，映照着小河的流水，薄雾一片，美妙迷离的景象。

秋天，天晴气爽，暖风轻轻地吹，河水缓缓地流。载满香蕉的小船子在河中前行。河岸上，穿过了茂盛的蕉林，看见了蛇窝的平坦的稻野，呈现了一抹鹅黄。在阳光辉照中，谷浪闪闪烁烁，放出了悦人的金光，也散发出醉人的稻香。

小说浓郁的地方色彩和优美的文学语言，再现了水乡"美妙迷离的景象"。"载满香蕉的小船在河中前行"，这种描写，与蕉乡麻涌等东莞水乡的地理特征完全吻合。比如，麻涌镇因本土四周河道纵横，大大小小、密密麻麻，泛舟其中，如入网阵，岸边耕地，产麻为主，易名麻涌。麻涌

根据《香飘四季》所建的《惊天斗地 改造蛇窝》雕像（莫锐煊 摄）

民安物阜，是比较富有的"鱼米之乡"。"在阳光辉照中，谷浪闪闪烁烁，放出了悦人的金光，也散发出醉人的稻香。"让人想起麻涌的"南坦禾云"。南坦在麻涌南面，地接番禺，这里是一望无边的水稻，稻子成熟时节一片金黄，与晚霞共成一色，登高一望，十分壮观，令人心旷神怡，流连忘返。陈残云小说反映的是陆路不便的时代，东莞水乡以水为生的生活方式，反映东莞水乡蕉林、水稻，与东江水系的河网等组成的自然景观。

改革开放以后，陈残云曾在《水乡新影》里专门写过麻涌："麻涌在地域上本与广州相邻，由于河流的阻隔，交通不便人们在心理上好像和广州隔得很远。'大跃进'期间，我有较长的时间住在此处，也觉得和广州相隔很远。一个多月之前，麻涌和广州通车了，我们几个人从黄埔乘车而去，一下子就到了，真是近在咫尺。那天，寒潮过后，暖洋洋的阳光照着平坦的大道，我们离开广州，乘了一个多钟头的汽车，穿过了新建的中堂大桥，进入蕉林夹道的公路。遍地蕉林受不了严寒的侵袭，蕉蕾枯了，蕉叶干了，幸好蕉芽还有生机。静静的河涌，平坦的田野，条条新公路，装点了村庄与田园的秀丽景色，令人心怀喜悦。车子一下子驰过六公里，越过行人众多的麻涌大桥，进入了麻涌镇。镇上，一条小河在街心穿过。往日，参差不齐的街道上，牲畜鸡鸭随地走，处处是垃圾；浑浊的河水，发出霉烂的气味，与水乡的优美风光很不相称。如今这里完全变样了，河西是一条宽广的河堤大道，铺户改建得整齐清洁；河东的河堤和房子也作了修整。"在陈残云的笔下，麻涌，这蕉林青翠、景色秀丽的水乡，展现出一幅更新更美的风姿。

在陈残云逝世之后，麻涌人民在镇文化广场竖立了一尊陈残云纪念雕像，供后人瞻仰。在此后相当长时间内，香飘四季成了水乡麻涌的代名词，提到麻涌，必然会联想到蕉林遍野、鱼米飘香的水乡美景。毫不夸张地说，《香飘四季》这个名字，已经和麻涌水乳交融、血脉相连。她对于麻涌的意义，就像是金色大厅对于维也纳、但丁对于佛罗伦萨，她作为麻涌的象征和文化符号，继承和发扬了麻涌内在的文化精髓，已经成为麻涌气质的一部分，不可或缺，亦不可复制。

世事沧桑皆有缘
——水乡麻涌采风记

王散木

水乡麻涌是一片神奇的土地。华阳湖国家湿地公园，更是水乡麻涌华丽转身、奇幻蝶变的缩影。

早年就以东莞水乡著称的麻涌，如今早已经脱胎换骨成现代化港口新城了。这里不仅有浓浓的水乡情韵，更有深厚的人文历史。走进麻涌，柔柔的海风拂面，甜甜的蕉香扑鼻，东西南北皆有景，先贤名士若明星，这方水土因之而绚丽多姿，社会历史更加彰显厚重。尤其踏访过位于麻涌镇区的新基莫氏宗祠，水乡的自然风情与历史的沧桑风云，无不汇聚在你的心海之中。

说这里"东西南北皆有景"，古已有之，如今更加生机勃发。君不闻水乡麻涌"八胜景"？东西南北，各有千秋。

东有"东海渔歌"。麻涌朝东而立，濒海而居，"东海"（当地老百姓传统惯称为"东便海"）之名，由是而得。此海襟东江而带狮子洋，渔产甚为丰富。因而当地原住民得其地利，历史上从业于捕鱼者甚多。渔舟密集，犹如星罗棋布。每当夕阳西坠，渔舟三三五五，持续归航，传来隐隐约约的歌声，由远而近，由疏而密，聚成满海歌声，借以消除整日艰辛的倦意。其间有唱着信口儿歌的；有唱着风趣横生的咸水歌的；还有双双情侣在行歌相答，从而缔成爱花情果的。时入傍晚，在海心渔火之中，唱者愈劲，听者动容。

西有"西园夜市"。西园市场位于麻涌五元坊（现麻四小学一带），兴建于明嘉靖年间，是时乃麻涌商埠物流集散之地。此时，麻涌地域成形，氏族聚居初定。选址建市场乃民生所需。西园辟市以后，商铺林立，鱼虾肉菜摊档，接连摆开，大小食品加工店铺，手工作坊，酒楼食肆，陆续增加。经商的购物喝茶的，四方来客云集于此。每当夜幕降临，从事渔农者归航返家，外来货船泊岸，携壶趁市的议价声，商贩叫卖声，酒店饭馆传出的阵阵欢笑声，汇成一片。灯红酒绿，呈现一派热闹繁华景象。此为西园夜市之美景。该集市东连元沙、慈悲、东仁三个坊；南接董叶乡（军城：现麻二村）；北通崇仁坊、东宁坊、市心坊和西宁坊；西汇第五涌和第三水系注入珠江，河湾宽敞，水路四通八达，当是得天独厚的商贸之地。随着历史进程的推进和麻涌人口增加及地理环境的改善，到清朝顺治二年（1645）迁市场于麻涌崇仁坊，自此，西园市为马元市所代替。今天，改革开放更给这里带来天翻地覆的繁荣，大小商场超市遍布，夜市日市相连，万商云集百业兴旺。

南有"南坦禾云"。南坦，位于麻涌之南，原是一片基地所在。唯此地南连蚊塘（原番禺），延至万顷沙。农耕时代，由这里远眺，一望无际的禾稻，真是田连阡陌，其面积之广，眨眼一看，难以估计。尤在秋熟之际，登高而远望，只见那禾黄稻熟，金光闪烁，与绚丽的晚霞交相辉映，真是禾连云、云进禾，禾云交织，禾云一色，田间金稻与天上彩霞所构成的奇观，令观赏者心旷神怡，怎肯遽然离去！如今，幢幢高楼密布，座座小区分割，酒店别墅穿插，现代工业文明完全遮蔽了农业文明的形影。

北有"北丫蕉雨"。北丫蕉基，位于麻涌之北。此地得天独厚，土壤肥沃，所产香蕉，是麻涌特产之精英。这里风景优美，独出乎众。外来人但知芭蕉叶大可遮阳光，而不知其在雨中别饶风趣，韵味无穷。真的，不雨则已，一雨则万叶随风摇曳，迎着飘零的雨点渐沥成声，像一支大型的交响乐队，巧夺天工地演奏着清脆悦耳的琴曲，犹如高山流水，扣人心

麻一村莫氏名人简介（莫锐煊 摄）

弦。然有时在风吹雨打，又发出呜呜然如怨如泣如诉之声，余音袅袅，不绝如缕，动游子之秋思，触诗人之雅咏。此时此景，使人自然想到古诗名句"芭蕉宜雨不宜晴"，广东名曲《雨打芭蕉》。面对美景，何等抒怀。然而一雨之后，整个蕉林又纷呈新态，那千株万叶在清新空气之中，翠色欲滴；带着雨珠的红蕾，含苞待放；雨后春笋般的嫩芽，勃然崛起，分外妖娆。没有雨，不能构成这幅天然美丽的图景；没有雨，不能让它四季常青、飘香吐实而享有"岭南佳果"的雅誉。一雨来之，风采焕然。

麻涌，正是有了这四面八方的美景，才成全了著名作家陈残云那名震一时的《香飘四季》。1958 年至 1960 年间，广东人民所熟悉的、享有盛名的作家陈残云，受省委的委托到东莞农村体验生活，挂职县委副书记。挂职期间，他在东莞水乡麻涌大步村蹲点，并挂职麻涌党委副书记。他立足农村，深入生活，了解民情，并以我国社会主义建设初期的生产斗争为背景，以党带领广大农民热火朝天地走农业集体化、合作化和共同富裕道路为题材，创作了具有浓厚乡土风情和独具水乡特色的长篇小说《香飘四季》，在海内外引起强烈反响。作品既描绘了水乡麻涌四季常青、香蕉四季飘香的特色，又真实地描写了当时在党领导下的社会主义新农村的新面貌和麻涌人勤劳、奋进、纯朴的品格，热情地歌颂了农民的新生活。从而，使更多的人了解了麻涌，也喜欢上了麻涌。《香飘四季》后来又改编成电影文学剧本《故乡情》，并在麻涌、大步及附近村庄取材开拍。《香飘四季》尽管烙下明显的时代印记，也不管今后的文学史能否给其一席之地，但是在那个年月是深深地刻在社员群众心中，受到广大干部群众欢迎的。如今，陈残云塑像不仅成了麻涌文化广场的一景，《香飘四季》取材于麻涌，更成了麻涌人心中永远的骄傲。我们在陈残云塑像前留下永恒的瞬间，也算在分享着麻涌人心中那份永远的骄傲。

时至今日，麻涌发生了翻天覆地的变化，全镇人民正在跨越式发展的道路上迈进，工业化、城市化的进程不断加快。但是，麻涌人民乐观进取的精神没有改变。这种精神，像四季飘香的水乡风情一代一代传承下去。为此，麻涌镇委镇政府在发展工业文明的同时，把农耕文化作为一个展示的文化品牌，不仅确立了建设岭南水乡特色的民俗博物馆，而且还规划建设了麻涌古梅农业生态园区，将文化和农业保护结合起来。同时，进一步挖掘、培植具有水乡特色的龙舟、咸水歌等传统文化资源和品种，做成品牌。

无论走到哪里，我总是牵挂着当地的人文历史遗迹，无论是名噪于世还是默默无闻，不去观瞻拜谒一番，那份牵挂总是难以释怀。到麻涌自然忘不了参观新基莫氏宗祠。

据介绍：莫氏为东莞麻涌一大族群，其先祖发祥于广东肇庆（莫宣卿九世孙莫辅裔）。宋理宗景定五年（1264 年）传至邑三世祖莫东湖始迁入麻涌（古梅）。至四世，支分两派，号南糖和北糖。南糖分布新基、东埔（含九宅）；北糖分布麻涌的东宁（麻三）、西宁、松柏坊、向北（麻一属地），遂称"一莫三乡"。莫东湖为"莫氏崇本堂"的鼻祖，传至七世祖简庵，建立宗"启佑莫氏公祠"。其中东湖莫氏宗祠位于麻三村新基，建于元末明初，坐西向东，东临麻涌河。该祠分前门、中厅、后堂三进，青砖、石脚、穿斗结构。启佑莫氏公祠位于麻三村一坊，建于明代中叶。该祠占地约 1000 平方米，前留广场。前门和中庭的建筑华贵，壁画鲜艳夺目逼真。砖石雕像玲珑浮现，梁柱雕刻精美，人物肖像栩栩如生。"哪吒闹海""八仙过海""桃园结义""赵子龙催归""貂蝉拜月"等等依次连接。启佑莫氏公祠是当时麻涌祠堂的一流建筑。

我们前往参观的宗祠，现在的规制大体情形与资料介绍的基本一致。只是前面广场的位置被新建的宗祠围墙前门（入口）和巍峨气派的白色花岗岩石牌坊所代替。入口的门左边挂着一块紫金隶书"新基莫氏祠堂"六字匾，门额上的紫底金字"惇和缘"三个行楷大字格外醒目。进了大门，你就会为祠堂的壮观气派而慨叹。牌坊前的院落很宽旷，给人阔然开朗

新基村莫氏祠堂门额上的紫底金字"惇和缘"（莫锐煊 摄）

之感。溶入碧空白云的白色花岗岩石牌坊正中面额雕刻着四个魏碑体大字——"人伦坊表"，告诉你这里是彰显中华民族人伦规范、张扬历代先贤楷模的地方。这间宗祠虽然与东莞各地的祠堂大体相同，但还是有别于其他祠堂：一是其他祠堂均为三进三开间，而这里却是三进五开间，更显气派宽敞；二是其他祠堂的飨堂摆满祖宗牌，这里的飨堂不见一块祖宗牌。然而，没有祖宗牌，并不意味着莫氏先人中缺少才俊，实际上莫家恰恰是人才辈出。

走进牌坊，右首的墙边静立着高低不等的9块用麻石凿有一个或两个圆孔的石碑，有的称其为旌表功名的旗杆石，上面分别刻写着"宣统元年十月十一日钦赏举人并授陆军协军校莫擎宇立"等字样，旌表的都是莫氏家族近代有名望的先贤。

这位莫擎宇，可是个了不得的人物。民国初任潮梅镇守使，广东军务会办，陆军上将军衔。其先祖是号称唐代岭南第一状元的莫宣卿。莫擎宇的父亲是一位博学的秀才，教书为生。莫擎宇中秀才不久便进入广东黄埔陆军武备学堂，后官费入日本陆军士官学校。毕业归国后，任职广东督练公所。民国成立时任营长，随军北伐后升任第一团团长，隶潮梅镇守使马存发。二次革命失败后，投靠龙济光，率部驻守潮汕。1916年春，参加护国讨袁，将龙济光部属马存发驱逐，成立讨袁军总司令部，莫任总司令兼第二师师长，陈德春（原第二团团长）任第一师师长，旋与汤廷光舰队联合反袁。6月，袁死，黎元洪继任总统，莫被北京政府委为惠潮嘉镇守使，辖25县（实15县）。1917年，莫投靠段祺瑞，由北京政府委为广东省省长兼军务会办，莫即奉命对护法军政府作战，组织讨粤军，任总司令。

说到这位民国将军莫擎宇，很自然要联系到民国军阀广东督军莫荣新、莫氏姻亲南天王陈济棠等人。尽管近现代以来对他们的政治评价不高，但二莫在当时的所作所为是无可厚非的。当时北洋政府是代表中国的唯一合法政府，全国各地大多支持北洋政府，只有广东孙文等人组织的广东军政府唱反调，而且军政府中的陆荣廷、莫荣新等人都是支持联省自治的美国式政体。所以莫擎宇反攻广东，莫荣新后来与孙中山闹翻，乃至后来陈炯明与孙中山为敌，完全是政见不同的结果。从当时的政局看，他们都是拥护中华统一的将军，但却与后来历史发展方向相左。往事已百年，人间早已换了几番天地。对于政治历史人物，虽然古往今来都是"胜者为王败者为寇"，但是对于他们的评说，按照历史唯物主义的观点，不增其善也不蔽其短才是实事求是的态度。

在莫氏近现代名人谱里，伟大的收藏家莫伯骥、著名报人莫伯伊、物理学家莫党、建筑家莫伯治等都是不容小觑的人物。

收藏家莫伯骥，生于公元1877年，幼年入县学，后毕业于广州公立医校，自设药店，经营西药致富，从此广罗古籍，收藏日丰。清末一度主编《羊城报》，自负状元之才。民国初年，莫荣新督粤时他曾任督府参议，继而应勷勤大学之请担任文史系讲师。至1937年，他的《五十万卷藏书楼书目初编》二十卷完成，目载书五百种，为宋刻、元刻、明刻、清刻等珍本。他尤注重收集粤籍名人遗著，故许多藏书为研究广东历史之珍贵文献。莫伯骥不仅是现代史上伟大的收藏家，他开办的实业对广东医药工业的发展也有很大贡献；他收藏的书籍对研究广东古代历史乃至中国古代史都有弥足珍贵的价值。

著名报人莫伯伊，是莫伯骥堂兄，《羊城日报》创办人，报界公会会长，广东谘议局议员，清末维新派人士。1902年1月（光绪二十八年），《羊城日报》创刊，莫伯伊既是创办者又是发行人，为保皇党外围报纸。1908年（清光绪三十四年），为维护行业利益，广州新闻界的头面人物莫伯伊等人发起组织广州报界公会，会址设在十八甫新街，莫伯伊任报界公会会长。1909年，清政府成立广东谘议局参政，史称"维新立宪运动"。当时谘议局自行选出财政、法律、庶政、请议、资格五个审查会，莫伯伊任财政审查会会长，陈炯明任法律审查会会长。1910年，《佗城日日新闻》在广州出版，简称《佗城报》。《佗城报》与《公言报》站在一起，与《羊城晚报》处于对立地位。《羊城晚报》编辑人莫伯伊把持的报界公会，曾以"济恶流毒社会、包庇匪徒、破坏赌禁、扰害公安"为由，呈报清政府，要求取缔。1911年4月5日（辛亥三月初七）与《公言报》同时被勒令停版。民国成立后，莫伯伊任中国同盟会广东支部干事。

著名物理学家莫党，年幼时在广州和香港生活，1952年成为广东省高考状元，进入北京大学物理系学习。1956年又以全优成绩毕业，毕业后留校从事教学和科研工作。1976年调回广州，先后在广州市玻璃搪瓷研究所和广州市轻工研究所工作。1979年调入中山大学物理系工作。1984年—1990年任物理系主任。后任中山大学教授、博士生导师、广东省物理学会理事长、国家教育委员会物理教学指导委员会委员，并获国家有突出贡献专家特殊津贴，是广东省政协委员和科协委员。自大学毕业后，莫党发表学术论文百余篇，在半导体材料和半导体物理、椭偏光谱、固体光学性质、光折变晶体等领域进行了大量深入的研究工作。他和他的学生在世界上首创开展半导体离子诸如椭偏光谱研究和创立分数微分谱方法，为发展和推广我国椭偏术做出了重要贡献。他撰写的《半导体材料》一书于1963年出版，后被指定为全国高等院校有关专业的教材。他研究成果累累，曾多次获国家教委科技进步奖与广东省自然科学奖。他还被选入美国出版的《世界名人录》，被美国纽约科学院任命为该院成员。

著名建筑家莫伯治，中学时就读于广州南海中学，1936年毕业于广州中山大学工程院土木建筑系，当代中国建筑界一位引人注目和受人尊重的建筑家，早年做过修筑公路等土木工程方面的工作，新中国成立后专注于建筑设计。1958年，莫伯治设计的广州北园酒家建成，引起全国建筑界的注视。人们纷纷南下取经，并以这些岭南的新建筑为"窗口"，打探境外建筑的做法和动向。这一时期莫伯治的作品都是大手笔，特别是广州矿泉别墅和白云宾馆（被认为是开风气之先的中国现代高层建筑）。在新时期，莫伯治更是佳作迭出，突出的有广州白天鹅宾馆、广州西汉南越王墓博物馆、广州岭南画派纪念馆等，直到广州红线女艺术中心及广州艺术博物院。莫伯治的创作生涯有令人惊异之处，那就是他的作品获奖率相当之高。1993年，中国建筑学会在它成立40周年之际，宣布对1953–1988年间全国62项建筑设计授予优秀建筑创作奖，对1988–1992年间全国8项建筑设计授予"建筑创作奖"，这两个奖项中莫伯治的作品占了7项，占总数70个获奖作品的十分之一，他是这次颁布奖项中获奖项最多的建筑师。1995年莫伯治被选为中国工程院院士，2001年他获得第一届梁思成建筑奖。人们称他和他的作品是"岭南建筑之光"。莫伯治曾任广州市规划局总工程师、中国建筑学会理事、《建筑学报》编辑委员会委员、华南理工大学建筑设计研究院总建筑师、广州市人民代表大会常务委员会副主任等职务。一代建筑设计大师、中国工程院院士莫伯治先生，2003年9月30日在广州逝世，享年91岁。

最后再说说莫氏先祖莫宣卿。这位唐代岭南状元，唐文宗大和八年（834）农历八月十七日，出生于广东封川（今封开县）风景秀丽的麒麟山下。父亲莫让仁，博学能文，早卒。莫宣卿是遗腹子，母亲梁氏生性贤淑，母子相依为命。虽然家境贫寒，但是梁氏非常注重对儿子的教育。宣卿天性迥异，闻言即悟，过目能诵，七岁时便能吟诗。一天，他与群童戏于河滨沙中，遭戏弄，便吟诗道："我本南山凤，岂同凡鸟群。英俊天下有，谁能佐圣君？"此诗一出，乡人大奇，传为神童。十二岁已举茂才（相当清代秀才），名震乡里。后来，他于麒麟山侧搭书室自学，排除世俗干扰，博览群书，致力精深。尝有一首《答问读书居》描述当时寒窗苦读情况："书屋倚麒麟，不同牛马路。床头万卷书，溪上五龙渡。井汲洌寒泉，桂花香玉露。茅檐无外物，只有青云护。"

唐大中五年（851），17岁的莫宣卿赴唐都长安应考，一举夺魁，成为我国自科举取士以来最年轻的状元，也是广东、广西两省第一个状元。状元及第后，莫出任翰林院修撰，又被恩赐内阁中书大学士。不久，还乡祭祖，假期后还京任职，无奈母亲未能同行。返京后，他上表陈情，恳求出任南国地方官，以奉养母亲。帝诏准出为台州别驾（台州，今浙江省临海市，别驾为州刺史副职，级别较司马稍高）。奉旨离京时，百官相送，赠诗者甚众。同僚柳圭、白敏中等均赋有贺诗。回到故里，即奉母携眷去台州上任，不幸病逝于途中，葬封州文德乡锣鼓岗。唐咸通九年（868），封州刺史李邦昌上其事，奉旨敕封莫宣卿为正奏状元，谥孝肃，入祀封州乡贤祠。

莫宣卿虽然英年早逝，但短暂的一生是不平凡的。民间传说：唐皇帝想吃南方土特产，莫宣卿巧妙地将山上生长的薯莨（作染料用的植物根块，味苦不能吃）和大薯混煮给皇帝吃。皇上吃得味苦难咽，莫宣卿于是

新基村莫氏祠堂内"人伦坊表"牌坊（莫锐煊　摄）

奏称广东地贫，百姓以吃此类食物度日，又不幸连年天灾，故民生困苦。最后，皇帝恩准免除广东三年征粮。另据传说，莫状元及第后，皇帝赐锦衣一幅，以彰荣耀。后世子孙支分东莞后，有一支在东莞桥头镇大洲乡立村。建村时，族人在村入口处建"锦衣世泽"石雕牌匾一幅。20世纪40年代，日寇入侵。一日酋骑马带兵路过此地，远见"锦衣世泽"牌匾，知是民间纪念名贤所立，慌忙下马通过。此事在当地传为美谈。

斯人早已作古，但其成就影响深远。尤其在推动南方文化事业方面，先贤们打破了"南蛮"文化落后的偏见，极大地鼓舞了广东士子，读书风气日盛，特别在吸收中原先进文化和科学技术方面，显现了极大的包容精神。今天，东莞倡行"海纳百川·厚德务实"的城市精神，也同样可以看作是对我们中华民族传统文明的一种传承。

莞邑文化名士赖洪禧

谢雪丽

话说位于东莞市麻涌镇西北面,有一座名叫"华表村"的古老村庄,于清朝乾隆三十三年(1768)立村,至今已有两百五十年历史。这座美丽富饶的水乡小村人杰地灵,文风颇盛,孕育出了许多赫赫有名的文人墨客,清朝著名诗人赖洪禧就是其中最具代表性的人物之一。

根据东莞史料记载,在清朝道光元年(1821),该村蒋氏族人当时的翰林大学士蒋理祥将村名"华表村"改为"华阳村",并一直沿用至今。相传自更改村名后,华阳村逐渐变得人丁兴旺,百业渐兴。华阳村位于东江下游的三角地带,与增城隔江相望,西邻南洲村。华阳村现辖区面积5.49平方公里,辖南坊、中坊、北坊。2013年,麻涌镇政府规划建设华阳湖国家湿地公园,该建设项目得到了华阳村村民的大力支持,以集约租地方式提供了大量的耕地用作公园绿化建设,公园的核心区域绝大部分位于华阳村辖区内,据说因村名"华阳"二字尽显华夏兴盛、朝气蓬勃之寓意,于是,湿地公园被命名为"华阳湖湿地公园"。

清朝乾隆年间(1770),即华表村立村后的第二年,诗人赖洪禧便出生在这个"年轻"的村庄里。当时仅有四户赖氏家庭居住在华表村，赖氏族人丁较为单薄，其中三户聚居在北华约（今称北坊）的敦仁里、长盛里两条巷子里。赖洪禧家里经济条件比较差，但他自幼天资聪颖，勤奋好学，博览群书，钻研文学典籍，尤其是在文学创作方面，擅长于诗歌创作，同时也精通于草隶书法，写得一手好字，是当时华表村罕见的学识渊博而性情高逸的文人雅士。正值青年时期的赖洪禧，书生意气，风华正茂，满腹诗书，才华横溢，按常理来看，华表村才立村不久，人们都在为生计忙于奔命，村民谁不是满脚基泥的农民，村里竟然出了一位文采非凡的文化人，于是，被乡亲邻里一传十、十传百地传扬开去，少数重视教育的村民纷纷上门求师教学。赖洪禧自认为是才疏学浅，最初是婉言谢绝的，但后来越来越多的乡里邻居来诚心求学，最终，他还是欣然答应了尝试开班授徒。因为家贫简陋，不宜用作教学场所，因此，他决定在家附近的北华约长盛里与敦仁里两巷之间空置多年的约200

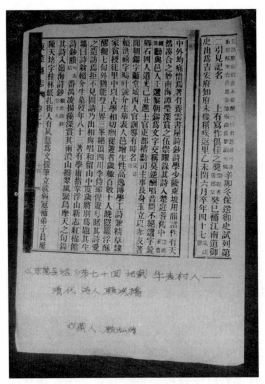

《东莞县志》对赖洪禧的记载（赖灿煊 摄）

平方的天主教堂遗址（教堂在 1936 年被拆分给四户人家改建居住）内开班教授诗词创作，由此开启了他的教书生涯。初期报读的学生主要来自本村的孩子，由于赖洪禧性格温厚、耐心细致、一丝不苟，懂得因材施教，教学效果明显，深受学生欢迎，得到了众多家长的好评，良好的口碑逐渐传扬开去。邻村村民听闻华表村有此优秀教书先生，纷纷慕名前来拜师学艺，每年来求学的学生达百人之多。久而久之，赖洪禧便成了当时华表村周边一带小有名气的教书先生。

对于有着强烈求知欲望的学者而言，"读万卷书，不如行万里路"，书本上的知识是十分有限的，难以拘泥于一方天地。在华表村教学多年的赖洪禧也渐渐萌生了"世界那么大，想出去看看"的念头。于是，在清朝嘉庆年间，过了而立之年的赖洪禧决定离开生活多年的华表村，告别亲人，移居至距离麻涌约十公里名为"到滘"的地方（如今的道滘镇），当起了私塾先生，继续以教授诗词创作为生。根据道滘镇草织行业的文献

2016 年重修后的北坊敦仁里巷口门楼
（谢雪丽　摄）

记载，追溯至清朝嘉庆至道光年间，在当时到滘教书较为出名的有两位私塾老师，一位是来自番禺的崔弼，另一位就是来自东莞麻涌华表村的赖洪禧。赖洪禧自小在麻涌长大，是地道的水乡人，当时的到滘物阜民丰，民风朴素，和麻涌一样都是鱼米之乡，独在异乡的赖洪禧经常会触景生情，思念家乡和亲人。有感于水乡生活的经历，他创作了被写进东莞文化史册并传颂至今的《到滘杂咏用竹枝体》（诗词十首）。

《到滘杂咏用竹枝体》红极一时，并流传至今，其中，"白饭红虾出水鲜""异品争夸住水乡""寻常一味蟛蜞蟹，敌得虾蟆马甲香"是来赞美当时到滘丰富的美食，但其实也是表达了他对同处东江边上的华表村的思念之情。此外，赖洪禧当年在到滘创作的诗词对当地历史追溯、文化研究都起了巨大的辅助作用。当时到滘曾建有一座用红粉石（学名"水成砂岩"）拱砌成的桥，因通体红色，故名"红桥"，后因有当时赖洪禧为此桥写有"红桥断处有村灯"一诗句，为桥名历史的追溯提供了很好的佐证。后来，有人认为桥拱如虹，且有诗意，改称为"虹桥"了。《到滘杂咏用竹枝体》被收录到《红棉馆诗抄》卷二，精妙简短的诗词却能十分真实生动地反映了其时当地的人民生活状况，把富有水乡特色的美食、地理、环境、产物、民俗特色等糅合成诗。赖洪禧的诗词把水乡人的生活描绘得淋漓尽致，通俗易懂且生动有趣，引人入胜，给人留下了无限遐想的空间，更勾起了读者的味蕾，可见，甘于淡泊的赖洪禧对水乡写意生活的无尽享受和热爱之情。赖洪禧的《到滘杂咏用竹枝体》，被写入道滘镇历史长河中，是概括和突显道滘镇文化的传世史诗，为当地的历史文化发展和研究发挥了重要作用。乃至两百五十年后的今天，赖洪禧所留下传世诗篇依然成为东莞市宣传文化旅游发展的名诗佳句。

自古文人墨客大多拥有自己的理想和目标，孑然一身的赖洪禧也非常向往自由自在的理想生活。在清朝道光年间，已逾不惑之年的赖洪禧再一次离开生活多年的道滘，移居至东莞县莞城西正路一带，一如既往地从事他热爱的文学创作和文化教育工作。"桃李无言，下自成蹊"，根据有关史料记载，《红馀新咏》（赖洪禧作序）作者李映桃、《漱云山馆诗抄》作者胡铸秋、《裙幄诗诠》作者蔡召华、《味灯阁诗抄》作者罗珊、《云根老屋诗抄》作者罗嘉蓉等多位东莞著名诗人都出自赖洪禧的门下，可谓是桃李芬芳！赖洪禧培养了一代东莞诗人，繁荣了东莞的诗词创作，为当时的东莞文坛的繁荣兴盛作出了一定的贡献。

道光十六年（1836），正在莞城教书的赖洪禧喜闻家乡麻涌华表村要进行修桥筑路，以及玄帝庙的第三次修缮，内心深处积蓄多年的思乡之情瞬间洋溢，难以言表，虽身处他乡，心中却时刻惦念着故乡麻涌。于是，农历的十二月，已是六十六岁高龄的赖洪禧毅然收拾细软，不畏路途遥远，水陆轮换，历经数十公里的长途跋涉，终于回到最熟悉不过的华表村，参与乡梓盛事。离乡多年，当年的穷乡僻地，如今已是百业兴旺，乡亲们团结和睦，为玄帝庙修缮之事出谋划策，慷慨解囊。赖洪禧见此，有感而发，当即撰写了碑文。

历经两百多年的沧海桑田和风霜洗礼，如今玄帝庙门前绕村而过的小河依旧潮起潮落。在河边石阶旁边，当年玄帝庙修葺时种下的细叶榕如今已有两百二十七岁了，也同样见证了华阳村百年的兴衰与发展。当时，华表村最高学问的赖洪禧为家乡修路修庙撰文叙记，乡亲们用刻立石碑这种古老传统的方式，将文章内容和当年捐资建路修庙的乡亲芳名刻于同一碑石上，让这段故事得以传世下来。如今，这块大约 0.69 平方米的石碑被镶嵌在华阳村北坊街前的玄帝庙内的墙壁上，成为华阳村独有的、珍贵的历史文物。2003 年，麻涌镇委镇政府启动《东莞市麻涌镇志》的编修工作，对全镇古老石碑的历史来源、碑文内容、村落历史、名人事迹、文物古迹等进行了一次全面深入调查考究，华阳村这一独特的人文历史资源才逐渐被挖掘；同时，东莞著名民俗专家张铁文先生也曾一度深入华阳村进行实地考证，采访赖氏族人，对赖洪禧的生平以及他的文化教育历程做了一次详尽的考究，并在其著作《黄旗揽胜》一书中对赖洪禧的诗进行了评赏，因此，尘封百年的赖洪禧史迹才得以为世人所知。另外，众多的史籍记载为麻涌镇追溯本土人文历史、研究村史村情、村落文化等提供了有力的铁证，也成了麻涌镇宣传现代文化旅游发展事业一个重要而又独特的文化遗存。

毕生钻研学问并进行文学创作的赖洪禧，在道家思想文化熏陶和影响下，经过了岁月的沉炼，也到达了一定的年龄，思想境界又跨越到了另一个阶段，赖洪禧经历了人生的科举考试的失利（据《东莞县志》记载，赖洪禧只考取了秀才中的增生等次），也从事过四十多年的教书生涯，虽然没有创造出辉煌的大事业，也没有获得过大的成就，但是，总括一生，总算是过着"淡泊明志""田园牧歌"般的生活。将近七旬的赖洪禧老先生经过了长时间的深思熟虑，最后，他选择跟随他的内心向往，作出了一个大胆的决定，就是结束他热爱的教育事业，离开东莞县，前往距离东莞县八十公里外素有"岭南第一山"之称的道教名山罗浮山安度晚年（即现在惠州市博罗县罗浮山），在罗浮山五观之一的酥醪观定居下来，过上宁静悠然的归隐生活。从此，又一次地翻开了他人生崭新的一页……

罗浮山是广东最高的山峰，也是岭南著名的道家圣地，北宋苏东坡曾在这里写下"罗浮山下四时春，卢橘杨梅次第新。日啖荔枝三百颗，

谢雪丽采访赖洪禧宗族后人

不辞长作岭南人"的名句，使罗浮山闻名于世。罗浮山奇山叠翠，云雾环绕，山山瀑布，处处流泉，如同人间仙境。据《东莞县志》卷七十回记载："赖洪禧，字畴叶，号介生，华表人，邑增生，性高逸，博学工诗，兼精草隶。家贫，授徒里中，以自古相切劚，从游者岁辄百数十人。晚隐罗浮酥醪观，七旬外，犹能登上界三峯绝顶。四川李侍郎（惺）游粤，睹其诗，爱之，造访焉，拒不见，固请，乃出，相与唱和，留山中度岁。将别，为题其生圹曰：诗翁赖介生墓，殁年八十三。著有《学庸指掌》《浮山新志》《红棉馆诗抄剩》"。年近七旬的赖洪禧正式入道家拜童复魁为师作为南宫派弟子，俗语有云"七十而从心所欲"，从此，他潜心修道，专心研究道家文化，品茶作书（据《浮山小志》记载，赖洪禧还留下了"名山石凹"四字石刻，该石刻目前仍保存在罗浮山上），甚少与他人交往，过着清静平淡的隐居生活。

赖洪禧对罗浮山上的自然环境和道家文化的钟爱万分，沉醉于罗浮山上神仙般的归隐生活。发自内心的真实情感，致使赖洪禧萌发了为罗浮山"修志存史"的念头。于是，清道光十九年（1839），他开始了长达六年的《浮山新志》编撰之路。《浮山新志》全书有"入浮山""茶亭""上界三峰"等75题，不分章节，只以题而述。《浮山新志》于清朝道光二十五年（1845年）完成编著，赖洪禧时年已是七十五岁高龄。《浮山新志》是目前保存尚算完整的以记述罗浮山为题材的十七部传世经典志书之一。作为"外乡人"的赖洪禧出于对罗浮山的热爱之情，视之为自己的第二故乡，并撰下了珍贵史书《浮山新志》，为罗浮山文化传承和研究贡献了一份力量。赖洪禧在罗浮山生活十余年，于清朝咸丰二年（1852）驾鹤归天，终年83岁，生无子嗣，长眠于罗浮山。

赖洪禧一生专注文化教育、学术研究和文学创作，在东莞的文化发展史上留下了浓墨重彩的一笔，他是华阳村的文化名人名家，却为东莞乃至整个岭南传承文脉培育了一大批杰出文艺人才，可谓是功不可没！他的弟子所创作的诗赋著作，隐隐约约折射出赖洪禧的诗歌创作水平和风格，这些传世佳作对东莞的文化有着难以估量的深远影响。同时，这些丰富的文化遗产直观地记载和反映了清朝时期东莞社会发展状况和过程，具有集社会、经济、文化、审美、民俗等等各方面的历史价值，是古代东莞社会发展进步的历史见证。这些珍贵的文化遗产是东莞的文化先辈智慧的结晶，有助于子孙后代研究东莞历史，也为东莞发展文化教育事业奠定了基础。

玄帝庙前的百年巨榕（莫锐煊　摄）

蕉叶舒展君未晚

莫华杰

　　游过几次华阳湖，感觉最好的还是在湖中泛舟，悠悠然然进入水乡，犹如进入一个未知时空。当两岸的香蕉林倒影被小舟的波纹切开，历史的倒影就涌出来了。望向水中的花纹，香蕉流水斜风细雨，那不是后来的事情。

　　对于华阳湖，历史不是一面镜子，也不是一种回溯，而是一直存在的生活，就在湖畔两岸的香蕉林里，繁衍生息从未间断。这片香蕉林从远古时代就存在，在高度发展的现代文明都市，它仍勃勃生机簇拥在属于自己的大地上，可以说是奇迹。历史选择了它们，现代也选择了它们，它们俨然成为时空中的一个坐标——既是地理坐标，也是精神坐标，在风云变幻的千年光阴，无疑成了一方水土亘古不变的执着。

　　华阳湖离我居住的莞城不远，携家带口，或邀上邻居度假，一年当中总有几回在华阳湖边上晃荡，让自己渺小的身影倒映在深不可测的历史湖面上。那凛然的水气，不经意间滋润我时而枯燥的生活，对一个自由撰稿人而言，向往野外是一种情结，将求而不得的隐居生活寄托于山水之间，不失为一种妥协或变通。华阳湖虽然没有山，但水泽万物，在香蕉林里行走，将高楼看成高山，也是一种精神向往，令人在喧嚣中得到些许的慰藉。

朋友当中也有华阳村的，曾给我当过导游，沿着湖畔介绍香蕉与麻涌的关系。他喜欢说华阳湖边上的香蕉林，老一代人们居住湖畔，灌水种稻，捕鱼采蕉，将麻蕉置放木船上，摇橹上广州，那种悠然自得的生活，是田园风光最为深情的一部分。有了朋友的讲述，每当走进香蕉林，闻着湖水的气息，让我真切感受到的不只是眼前景象，更多是对消失于眼前景象的回望。水乡承载的记忆，顷刻之间在我这个外乡人身上得到复活，并且获得了古老的诗意。

自古以来，文人对芭蕉似乎有一种化不开的情结。香蕉是芭蕉科植物，由于中原文化的客观原因，古人将芭蕉科植物统称为芭蕉，不会有香蕉、米蕉或甘蕉之分，反正看上去都是大片大片的叶子，并无差异。一旦有芭蕉入了诗，如同定论般，后来的诗篇便只有看芭蕉，香蕉只能隐身其中。迄今为止，仍有不少人以为香蕉是芭蕉的别称，分辨不出其中的差别。

且不管是芭蕉还是香蕉，总之只要是芭蕉科类的树种，就不妨碍文人对它的喜爱。

芭蕉叶初长时，叶子是内卷的，像喇叭筒一样，后逐渐生长舒展，成为一片芭蕉叶。在文人眼中，芭蕉于是成为"相思、忧愁、有心事"的象征。李商隐曾写道"芭蕉不展丁香结，同向春风各自愁。"说的是芭蕉和丁香都把心事紧紧地锁在心里，他们在春风当中各有各的烦恼。李清照的诗中也写道"窗前谁种芭蕉树，阴满中庭。阴满中庭。叶叶心心，舒卷有余情。"

古人借物咏情的本领十分高超，卷叶有情，展叶却无情，舒展的芭蕉叶于是就变成了"孤独寂寞离别愁"的象征。例如南宋词人吴文英写道："何处合成愁。离人心上秋。纵芭蕉、不雨也飕飕。"芭蕉叶舒展开，叶大招风，风一吹就哗哗响，就算不下雨，在诗人听起来也是忧伤的。杜牧也写下"一夜不眠孤客耳，主人窗外有芭蕉"，想必也是因为窗外的芭蕉叶被夜风吹了一宿，悲伤得令人无法入眠。还有南唐李煜《长相思》"秋风多，雨相和。帘外芭蕉三两窠（棵），夜长人奈何"。当然，更加直接的是清朝诗人蒋坦，他在芭蕉叶上题句："是谁多事种芭蕉，早也潇潇，晚也潇潇。"妻子关秋芙看不惯了，就在下面叶子续道："是君心绪太无聊，种了芭蕉，又怨芭蕉。"

说来说去，无论你是卷叶的芭蕉也好，展叶的芭蕉也罢，总之芭蕉就是个多事的东西，只要有"孤独寂寞心事冷"的事情，你都得背黑锅，而且一背就是几千年。真是难为芭蕉了，怪不得芭蕉和香蕉长成时都会有苦涩味，想必是有苦难言吧。

古人这些爱恨情仇放在麻涌人眼中，显然是可笑的。麻涌人对香蕉可就亲切友爱得多，绝不会怪怨芭蕉多事。香蕉是麻涌人的衣食父母，有着至高的地位，绝不是用来寄相思离别愁的，而是用来换取钱粮保证家庭衣食无忧。麻涌人只有看到香蕉，葱葱郁郁的香蕉林围绕在他们的村舍周边，才会觉得心安。哪怕岭南的风雨无情地落在香蕉林里，发出沙沙声响，他们绝不会有"更闻寒雨滴芭蕉"的伤感，香蕉林散发出来的清新味，对他们来说就是世外桃源的气息，可以忘掉一切忧愁。

当然，香蕉林养育的绝不仅仅只有农民，也有诗人。华阳湖畔的香蕉林后面有个华阳村，是东莞名士赖洪禧的故乡。这位清朝出身的诗人，除了吟诗作对，还会鸣金鼓，点鱼灯，唱蛮歌，划龙船，日子过得潇洒自如。

从小在香蕉林间长大，赖洪禧对养育一方水土的香蕉必然有着更深的了解，也有更深的感情，我渴望读到他写香蕉林的另一种诗句，看看他笔

华阳村高空全景图（莫锐煊　摄）

下的香蕉树是怎样的境界，会不会超脱前人的相思或离愁，变得清新脱俗起来。

然而我失望了，我并没有找到赖洪禧书写香蕉的诗句。但我并不怀疑，赖洪禧这辈子写过很多的诗句，与香蕉有关的必然不在少数，只是被时光掩埋，遗落在岁月深处。

这样的推测不是个人臆想，而是根据赖洪禧的身世得出来的结论。民国版的《东莞县志》中有赖洪禧的简介："生于嘉庆年间，字畴叶，号介生，华阳村人，邑增生。性高逸，以能诗著称，后入罗浮山，师从酥醪观主童复魁为道士。习静一室，不与人接。博学工诗，兼精草隶。住持酥醪观数十年，享年八十三，卒于观中。著有《学庸指掌》《浮山新志》《红棉馆诗钞》。"

县志上还记载了一则逸事：四川李侍郎游粤，看到赖洪禧的诗句，十分喜爱，叹为高人，打听到赖洪禧在罗浮山潜心修道，于是前去造访，却遭到赖洪禧无情地拒绝。可见"习静一室，不与人接"绝非妄言。

这位李侍郎也有意思，愈发认定赖洪禧是个隐士高人，不见一面，实乃人生大憾。躲得了和尚躲不了庙，你不愿意见我，我偏要你见我，李侍郎遂留宿在罗浮山寺寄身修道，每日到赖洪禧屋前徘徊一阵，念上几句诗词。赖洪禧被感动，于是出来聊天，果然是相见恨晚，成为人生知己。山中岁月短，一晃数月过去，离别之时，李侍郎在赖洪禧的生圹（生前预造的坟墓）上提字"诗翁赖介生之墓"。

从简介与逸事上可以窥探到历史的节点，也能找到答案，赖洪禧是很会写诗的，而且写得还很好，否则不会让李侍郎如此折服，并为他写下诗翁之墓。且赖洪禧精通书法，泼墨写诗是文人的常态，所以他这辈子肯定写过很多诗，必然会有写到他的故乡华阳村，以及华阳湖畔密密麻麻的香蕉林。

可惜赖洪禧流传下来的诗句极少，我只能在《罗浮山新志》和《红棉馆诗钞》这两本书中窥探到几首。——诚然，绝不是因为他的诗不够精彩，没有流芳百世的空间，这一切都与赖洪禧性格有关。这是一位隐士高人，习静一室而不与人来往，早已参透了一切，断然不可能为了出名而到处题诗，借此流芳百世。在他临终之前，或许他将自己写的诗稿付之一炬，用火光照亮最后的归途，就像生命一样尘归尘土归土。

在赖洪禧仅存的几首诗当中，可以读到他的人生境界。《红棉馆诗

香蕉国际博览园（莫锐煊 摄）

钞》收录了他一首五律长诗，其中写道"暝色忽萋迷，园田杂蛙黾。松声清且长，竹气野而静。谁知三伏天，乃有此清泠。回首城中人，苦热不可遏。"

诗的大意是黄昏时刻，暮色突然变得凄凉而模糊。田园里面传来蛙鸣，晚风带来清幽绵长的松涛，竹子的气息野蛮却宁静。谁知道三伏天居然有这样的清静与幽凉。蓦然回首，居住在城里的人却在苦热中度日，苦苦逞强。

这绝不只是描写仲夏的诗句，而是借此抵达心灵的一种豁然境界，充满了人性的终极关怀。许许多多的人，为了在城中讨生活，陷入水深火热，苦苦逞强，忘了生命中其实还有更加广阔的追求。

这是内在精神追求丧失所带来的焦虑感。反观我们当代人的生活，何尝不是一样，我们都在城市中苦苦逞强，都市的喧嚣生活给我们带来了喧嚣的焦虑，内心难以回归宁静，在这种浮躁与不安之中，我们很难意识到有些宝贵的东西正离我们远去。当一个人突然悟到这些种精神危机，才会想办法去解脱那种"苦热不可遏"。譬如陶渊明，看透一切之后，由仕到隐，由儒而道，终于有了"采菊东篱下，悠然见南山"的境界。

赖洪禧何尝不是一样，他在这首五律长诗中写道"小坐不须灯，月出照树顶"，只有天人合一，以大地灵气来滋养身心，参透生命的真谛与本质，才能写出这样的境界，才会有强大的定力保持内心的操守，习静一室而不与人接，品性之清高，早已超出了我们这些凡夫俗子的想象。正因如此，他只有少数的诗篇流传下来，功名在他看来就是浮云，纵然平生写了几百甚至上千首好诗，也可以化为尘埃，与自己一同消失在漫长的岁月。

面对岁月，所有的选择都是不确定的，人生本来就没有答案，这点赖洪禧比我们更清楚，或许这就是他不愿意将更多的诗句流传下来的原因。

真是"流光容易把人抛，红了樱桃，绿了芭蕉"，如今天芭蕉还在，舒展绿油油的叶子，没有一点心事的样子。然而斯人却已不在了，我们这些后人只能借用猜测，或用推理，通过一片香蕉林的倒影，拼凑一些历史碎片。尽管我没有读到赖洪禧写香蕉的诗，颇有些遗憾，但是读到了他另外的诗篇，滋养了身心与灵魂，也是得偿所愿。

读史可以明鉴，领略古人的精神与境界，能让我们从现实生活中突破，从中做出选择，找到最好的自己。就像这片华阳湖，因为有了香蕉林，找到属于自己的定位，千百年来不曾迷失自我。

如今湖泊仍在，田园仍在，香蕉林仍在，那些多出来的高楼大厦，承载了人世间的繁华。这大概是赖洪禧没有想到的，两百年过去了，繁华与宁静只有一步之遥，城外风轻云淡，城中人回首时却也一片清凉，不会再感到苦热不可逭。

寻觅人与自然和谐相处的密码

刘　强

水之韵

一湖碧水总是含情脉脉。

倒映在水里的小镇吟哦出一首抒情长诗，栖息《诗经》的丰饶意象。此心安处是故乡，当我以一个"新莞人"的身份徜徉华阳湖畔，华阳湖给了我一个大大的惊叹。十多年前，华阳湖还是东莞臭名远扬的"黑龙江"，不仅分布了百多个畜牧养殖场，还是化工、造纸、电镀、漂染等传统工业遍布的污染重灾区，河水发黑发臭，流经之处农作物失收，周边村民苦不堪言，怨声连连。如今，那杂草丛生、污水横流的河滩有了脱胎换骨的嬗变，变成了一位温文尔雅的青青子衿，缱绻着悠悠我心；变成了一潭翠绿的宝墨，书写麻涌新城的美好未来。

城因水而灵动，水为城而秀丽。华阳湖水的美学，诗画的意象呼之欲出，在美的惊奇中，重新修辞。

水岸，弱柳扶风，袅娜如歌。柔曼婉转的堤道、栈道极尽缠绵。我的目光在水面截取一湾碧翠的章节，美人蕉扎着红色的头巾，临水照妆；莲叶田田，罗裙凝绿，仙影翩然，随风一曲《霓裳羽衣》，就沉醉了款款飞舞的蜻蜓，它们踉跄的身姿轻轻一点击，就羞红了荷花的娇容，盛开瑰丽的感动。

在水一方。几只白鹭，正在夕阳下翻动蒹葭的秀发。天与地都是那么明净，每只白鹭翅膀下都隐藏着一封洁白的家书，那是写给麻涌新城拓荒者、建设者的感谢信，在这一片共同的家园里，彼此和谐相处。

几名钓者，闲钓婉约的时光。水面上，云朵和碧水互换了住址，那些被涟漪折皱了的心事，连同流连忘返的白云，被一次次地钓起，一次次放归。那根长长的丝纶，和不远处孩童紧握的风筝线一样，一个在水里放牧白云，一个在空中放牧白云。

在亲水平台掬水洗去铅尘，眼前是波平如镜的湖水，但脚下我感觉到了澎湃的惊涛，那就是麻涌人民建设美丽家园、活力新城、生态湿地的一种决心，决心望得见山、看得见水、留得住乡愁。

我暗想，我要驾一叶扁舟。可以在华阳湖中自由飘荡，听满湖的蛙鸣，甚至徜徉灿烂的星河，让我卸下疲惫，融化成水，等待一轮月色同饮共醉。

桥之秀

这些桥，被碧波挤弯了腰身。

水是眼波横。如果是夜幕下的桥，看起来真像一只拥有双眼皮、水汪汪的大眼睛。多情的眼眸里含混了云烟遮挡的时光，婉转于苍穹却不知能唤回多少春雨。桥是水终生的伴侣啊，他们彼此深爱着，任地老天荒。你看，蓝色的梦浮现于碧波荡漾，满是心醉的情话。

拱桥，长虹卧波，在鸟鸣与人境之间搭建一个绿色通道，我在跌落的鸟语中辨别水乡的乡音。桥，是华阳湖的骨骼，每一座桥都可以渡我。渡我漂泊的风尘，渡我归乡的脚步，渡我喧嚣之中拥有一颗宁静的心，还可以渡我去那云水相接的梦境，甚至可以采撷一枚渔火，点燃隔岸的秋叶。最终，我必将与华阳湖建立一世的情缘，达成一种默契：我见清湖多妩媚，料清湖见我应如是。

你站在桥上看风景，看风景的人在塔上看你。桥上有亭，则为廊桥。淋湿廊桥，从来不是雨水，而是月光。月河晚照，廊桥多像少女一只妩媚的大眼睛，含情脉脉，秋波盈盈。其实月亮是廊桥的知心姐姐，一缕清辉就能让廊桥肤如凝脂，仿若刚从碧溪清流中超然出浴。桥面坚石与梁柱，他们也彼此深爱着，仿佛在坚守着属于麻涌水乡的"木石前盟"，任海风吹拂千年。那些黛瓦，一畦一畦地排列着乡愁，他们一定在等待一场烟雨，让檐下听雨的羁客留在诗情画意里。

水波不兴，我想在桥头做一个淡然若水的女子，让湖水收容我的沧桑，把人世间所有悲欢离合都交付于一个浅浅的微笑。

我还想凌波微步于拱桥上，着一身素雅的旗袍，用一把油纸伞撑开唐宋的时光。把麻涌水乡里刚刚升起的月亮，捺进水里，让她重新升起，慢慢瞥见我雅致的晚装。

朦胧处，一个像赖洪禧一样的麻涌诗人正在桥上等我，等待一次刻骨铭心的长亭别怨，等待一场爱情的惊鸿照影。当他写下"万井人家一簇烟，东江三月绕门前"的诗句，一定与华阳湖的风情万种息息相关。盈盈一水间，我仿佛成了世界上最幸福的女人。

光之彩

把星光撒进湖里，星星长出新生的根系，摆脱水草的纠缠，然后点亮水舞倾城。

喷泉如注，亲昵交融，绚丽的灯光照耀，一道彩虹幻影喷薄而出。水幕倾泻，宛若一颗硕大发光的紫晶宝石。动感的音乐摇晃水柱，此曲只应天上有的错觉，光也是水，水也是光，水光潋滟，仿佛多彩的江南，助力我羽化成仙。

灯光旖旎，流光溢彩，在闪烁中重塑水乡新城的框架。

湖水被灯光挟持，一遍遍将禅心浣洗，我仿佛听见了水乡古寺檐下失眠的雨声。

辽阔的爱在为一盏湖灯命名，却被桥边的美人蕉花点燃。我努力在翻阅湖面的书页，从倒影中寻找遗失的答案，花红依旧，花香依旧，年年知为谁生？

曾经背井离乡的疼痛被音乐与灯光击得粉碎，沉淀下来的是"此心安处是吾乡"的感怀。深邃的夜色深处，谁的歌声婉转成诗？我用一湖的音乐洗净头顶的星光，每一颗都是岭南水乡、奋斗之城里希望的眼睛。而琉璃的灯光向水面铺展、漫溯，那种依恋不舍的意味轻轻摇动，恍如一块月痕隐进万家灯火中。

麻涌是我的第二故乡，我作为一个奋斗"新莞人"，我有责任做一名华阳湖湿地生态环境的守护者。或许我也可以成为一滴粤港澳湾区的水珠，最后在光怪陆离中绚丽地绽放。

此刻，登上观光塔，迎面而来的荷风，从时光胶卷中着陆，骤然有一种"独上高楼望尽天涯路"的人生境界。水乡的容颜已改变得如此美丽，现代化气息浓郁，高楼林立，霓虹闪烁，华阳湖正在演绎现代新城与古老记忆、水清城秀与政通人和的哲学与美学。

眼光在不远处停留、伫立，那河道边辛勤劳作的背影像极了我的父亲，更像是麻涌老一辈的革命者、拓荒者、建设者、志愿者们，他们念不出"逝者如斯夫"的感叹，却把全部的心血与汗水建成这座充满活力的现代化小镇。"中国最具特色魅力乡镇""广东省旅游风情小镇""国家卫生乡镇""全国千强镇"等多项荣誉，仍然未能完全描述奋进中的水乡麻涌，天地大美、草木情深、文明和谐的密码，都会在美丽的华阳湖湿地公园里一一觅得。

圆梦之湖

黄建东

上一次回家乡麻涌，是七年前的往事了！

那时候，麻涌还被戏称为东莞的西北边陲，或是东莞的西伯利亚。想到此，心里虽然回想着乡亲们在电话中说麻涌如何如何得今非昔比，要我无论如何也要回去看看美丽的华阳湖，看看家乡的富裕和幸福。可我对乡亲们说的话还是半信半疑，因为我太清楚河涌横行，滘汊遍布的家乡了。这样的地域交通，经济发展现代化，谈何容易！

麻涌镇东与洪梅镇隔海相望，南与狮子洋相连，西接东江出海口，是一个有 91 平方公里的岛屿。麻涌河始于狮子洋，流入麻涌腹地，把麻涌分隔成东西两岸，终于东江东北岸的蒲基村。十多公里长的麻涌河又分岔出花枝涌、竹园涌、葡芦涌、马滘河等等的小河涌，小河涌南来北往，绕东穿西，把这座岛屿分割成无数的小屿。襄衣基、淡趣基、葡萄基、簸基头、沙仔噜……这些带着贫穷意味的河涌、小屿的名称，像一本永不褪色的丹书铁契，平铺大地之上，孕育出了养育生命的稻禾、香蕉、荔枝、杨桃，孕育出了白饭鱼、凸眼丁、黄皮头、鸡泡鱼、银虾、河蚬、虾蟛、田鸡（青蛙），孕育出鲜花，孕育出野花，它们都像阳光、空气、江水、雨露，无穷无尽、毫无怨言地为麻涌大地的生生不息贡献着自己。

离开家乡有半个世纪了，但儿时的记忆还是清晰如昨。春雨潇潇，是捕获郎奶鱼、白饭鱼、鸡泡鱼（河豚）的最佳时节，也是育秧莳田，种植甘蔗的季节，瓜类、豆类纷纷在这春暖花开的时节播种。夏天是水稻的收割季节，也是水稻的插秧季节。太阳像故意要难为百忙之中的人们，它把水面烤得灼热，把人们露出衣服的皮肤晒脱了几次皮。金秋则是个收获季了，除了稻谷的收割和香蕉的收成，还有退潮后裸露的滩涂，满布着弹跳觅食的泥鳅鱼、郎奶鱼、凸眼鱼、白甲鱼。在基围涵窦的外面，不停地淌出从基围内沟漏出的沟水。在沟水淌落的小水氹，游着大小不一的小鱼、河虾。这时候，只要有一张渔网兜，往下一捞，便能收获到一天的伙食

华阳湖的桥廊（莫锐煊　摄）

了。最有空闲的是冬天，除了甘蔗，其他的农作物已经收获完毕。那时候的年轻人，天刚亮便聚一起，去甘蔗地里寻捉田鼠，去堤围寻觅眼镜蛇、过树龙。寻到有蛇出没痕迹的洞口，用稻草塞在洞口，点火后，用葵扇把火焰往洞里赶。十分钟不到，蛇就被浓烟熏得从洞口的另一端出口窜出，守候洞口的人早已把布袋套在洞口，等着蛇窜进布袋。到莞草丛中捉田鸡（青蛙），到小河岸边网鱼虾。到了晚上，用废旧红砖垒起炉灶，架起铁锅，把白天的收获烹饪。围着通红的炉火，喝着辣喉的土法蒸制的"甘蔗酒"，唱着革命歌曲，快乐的一天很快就过去。

寒冷的冬天，尽管田野凋零，万木萧疏，但却是空闲又快乐着！

华阳湖是从麻涌河口上溯十里左右，向左拐弯的一个大涌氹。它的周围连着华阳村、南洲村、麻一村、麻三村，北有华阳涌，南有马滘河，东有十三涌，西有竹园涌。总之，河涌滘氹，在这里星罗棋布，四通八达。记得有次和母亲去华阳村外婆家，走的是溜滑的泥泞小路，过的是小木桥。遇上大的河流，则要搭乘横水渡了。

早上七点从漳澎村出发，步行抵达华阳村，已近十一点钟。还记得：这路程中要走一条独木桥，三条木板桥，四个横水渡。难忘的是麻一村和华阳村交界处那座独木桥。独木桥有二十多米长，桥面由大腿般粗圆的松木相连接。松木被斧头削掉四分之一后做成桥面，只有单边扶手。人在桥上走，有扶手这边感觉还笃定些，没扶手这边，却是一瞥惊鸿，双腿不由自主地颤抖，腿一颤抖，独木桥也轻轻摇摆。这时候，前走不敢，后退不能……更恐怖的是这桥不是平直而过，而是向上拱起的圆弧拱桥（留出高度让摇橹的泥船从桥下穿过）。天气晴朗，桥面干洁，容易走；遇上天雨路滑，这独木桥面窄小湿滑，未上桥，腿先软了！

到了外婆家，三个舅父正要把满载稀泥的大木船，摇驶出华阳湖，把这些肥沃的稀泥戽往香蕉基上面。这项农活因年代久远，没人知道始于哪一个年代。

但从高出水面十多米的香蕉基，而一年戽一次稀泥，每次约两厘米厚。如此一算，便可算出这项农活持续了近百年了！

戽坭的过程，是先把坭船里的稀泥戽上第一级用泥土垒成的容积约二立方的圆形土兜里，戽满这个土兜后，再把这土兜里的稀泥向上一个土兜戽。若人手充足，则一人负责一个坭兜。你一斗，他一斗。一斗一斗，一级一级地往香蕉基上戽。我无力气戽泥，便走上蕉基，和舅父们一道，用木板把戽上来的稀泥烫赶均匀。太阳把溅到肩膀上的泥巴晒得干硬，热辣难受，就又走进湖里。轻游至莞草旁，伸手捕捉莞草上的蜻蜓。潜入水中，捉条鲤鱼向舅父们炫耀一番……

麻鹰在天空盘旋，站在水浮莲上的水鸭在"嘎嘎"喊叫。南风随着太阳的沉没呼呼吹来。劳累了整天，让太阳炙烤得胀痛的皮肤，在昏黄的夕阳温润下，在凉爽的南风吹拂中……变得格外舒服和惬意。

这就是我记忆中的华阳湖，一个让香蕉基围绕着的，连砖头瓦片也难觅一块的大水氹。岸边堆积着或鲜绿，或干枯，或腐烂的香蕉树躯干。白蒙蒙的雨水中，浮萍被打得七零八落。湖中浅水的地方，筷子般粗的莞草冒出水面，随着荡漾的微波摇曳起伏。没有引人注目的风景，要说有，那便是海拔十多米高的香蕉基及生长之上的翡翠般碧绿的香蕉林了。

20 世纪 60 年代，东莞市有两个地方的香蕉名扬海外。一个是中堂镇的槎滘村，这里的香蕉香甜中带着糯性，有点韧牙感，适合居住海洋岛国的日本人的潮润口感。每年出产的香蕉都让日本人抢购一空，供不应求。另一个是麻涌镇的香蕉，这里的香蕉香甜中带着爽滑，适合天寒地冻的苏联人的干燥口感。华阳湖的香蕉个头更加肥大，每年的产量比槎滘村多得多。尽管如此，也满足不了苏联人的需求。不过，说起这两地的香蕉，麻涌香蕉稍胜一筹。因为在 1958 年，麻涌香蕉获得了由周恩来签发的国务院的奖状！

客车到达麻涌车站，堂弟锦波已在等候多时了。见面第一句话，他责怪我回家乡也不约他开车前往梅州接我，第二句话责怪我不带他嫂子一起回来。堂弟的颈脖挂着一串筷子般粗大的金项链，神态傲慢，眼神不屑，

华阳湖创客坊繁华夜色（莫锐煊　摄）

不知是对我不屑还是这是他本来的眼神。想起当年我考上大学，他送我上大学时那副惆怅无趣的神情。我开解他，读书有读书前程，农村有农村的出路。事在人为，给信心自己。他却一个劲地摇头，说我考上了大学，说话的腔调立马变得高调了。可如今，面对堂弟这辆有四个圆圈的奥迪座驾，发亮闪光的金项链，每月领几千元退休金的我，不由自主地蔫巴了下来！

奥迪轿车在龙湖大酒楼门前停了下来。我钻出车门，抬头看见马路对面一幢五层楼顶上那块巨大的"华阳湖·创客坊"广告牌。"对面是华阳湖？"我问。堂弟点头。"到华阳湖看看！"知道对面是华阳湖，我心想着要去看个究竟。堂弟说不用急，吃饭要紧！说罢，把我带进龙湖大酒楼的华龙厅。里面在座的都是亲人亲戚，寒暄过后，服务员走了进来，对堂弟说可以上菜了。

"好！"堂弟回答说。

"是，李总！"服务员说罢，走出厅外。

改革开放后不久，已得知堂弟开了一间大排档。算不上发财，但温饱无忧。直到我再次回来，他依然经营着公路边的大排档。"你是总经理？"我问。

一位亲戚忙着回答："锦波是这酒楼的老板！"

"我上次回来，你还在路边开着大排档。几年不见，当起大老板了！"我环顾四周，看着装潢华丽，格调高雅的装饰，脑子里闪过"龙湖大酒楼"大门口富丽堂皇的枣红色大理石。我说道："上次回来，你还在路边开大排档。几年不见，你开了大酒楼，天上掉下钱给你了吗！"

堂弟笑了笑，答道："大哥，不是天上掉下钱，是华阳湖！华阳湖开始筹建，我也开始发达了。早餐、午饭、晚饭、夜宵，人头涌动，生意兴旺，不想发达也不行！"

另一位堂兄也在说："锦波是有眼光，看中好的地段开大排档！"

"大哥，做生意要跟上潮流。你看华阳湖，创客坊的店铺，那一间不是顾客盈门？而你，还守在你自家门前那铺子，贪图不花铺租。听小弟的意见，到华阳湖开一间！"

你一言，我一语，饭桌上的时间晃眼而过。我心里急，急着要看看伴着我成长的华阳湖，现在是什么模样！

我去过杭州西湖，依依的杨柳，像极了亭亭玉立的美女那一头披肩秀发，让人心生亲近之意。浩渺的烟波，在一艘艘缤纷耀目的游船的撞击中溅起了点点浪花。湖面上丝雨如雾，满眼朦胧。引人遐思的古老悠久的白堤，苏堤，杨公堤，赵公堤，千年传说的雷峰塔，"千载芳名留古迹，六朝韵事着西泠"的钱塘苏小小，"人生哪能多如意，万事只求半称心"的灵隐寺……漫游湖边，恍惚看见了自己从天真烂漫到白发苍苍的一生，看透了来这世间走一遭的乐趣与辛劳的真谛，也领略了"上有天堂，下有苏杭"的人间美妙！

也去过惠州西湖，绕行在湖水激滟，微澜绿絮的五湖岸边，徜徉在雾霭笼罩，仙气缭绕的六桥之上，陶醉在应接不暇，飞瀑如烟的十八景，顿觉阳光是这么短暂。及至广阔无垠的西天露出了火烧云——看着绚丽多彩的火烧云，那快将沉没的半轮夕阳，尽管意犹未尽，也只能无奈地离去。景色虽美，但沉淀不了胸间，仙气缭绕，却萦绕不住思绪。沉淀胸间，萦绕思绪的始终是以苏东坡、李商隐、杨万里、祝枝山为代表的四百多位文人墨客为惠州西湖留下的宝贵的文化遗产。"梦想平生消未尽，满林烟雨到西湖"，"日啖荔枝三百颗，不辞长作岭南人"。以及孙中山、叶挺、东江纵队这些革命先驱者的家国情怀和革命故事，为惠州西湖添上了与众不同的壮丽一笔。

广州的流花湖，面积比杭州西湖、惠州西湖小多了。她始于晋代，但没有悠久的传说和名人的诗句。映入眼帘的是红棉艳放，花瓣遍地，青竹掩映，榕荫纳凉；少不了在湖中荡桨的卿卿我我，和在水中反射着阳光的锦鲤一道，为游人增添了无限的乐趣。在纷杂烦嚣的都市中，静谧如夜的流花湖，为人们过滤着喧嚷繁忙的劳累与疲惫。这是闹市区里面的世外桃源，是人车器声围绕着的一方净土，是一个人们身居闹市自辟宁静的好去处。

华阳湖不会有杭州西湖天堂般的美妙，没有惠州西湖众多文人墨客留下的足迹，也不会像广州流花湖世外桃源般的安逸与宁静。她会是一个什么样的美丽之湖！我曾有过各种各样的美丽想象。但此刻呈现在我眼前的华阳湖，却把我想象中的华阳湖颠覆了。华阳湖再也不是以前那个蕉基环绕，漂流着腐烂香蕉树躯干，莞草丛生，萍浮漂荡的大水凼了，而是变身为面积为三百五十多公顷的国家级湿地公园。公园内榕树荫蔽、柳丝点水，遍地可见树姿幽雅、枝繁叶茂、与金秋争艳的黄槐树。花海漂游，绿道骑行，嫩芽新放。微风吹过，湖水涟漪荡漾，细雨拂面，湖面顿现珍珠无数。入夜后，喷泉冲天，光影迷人。游船穿行在一个接一个真人表演的不同年代的民俗风情画面之中，让你仿佛此刻正在时光隧道里穿梭，领略着历史的沧桑，想象起先人对幸福生活的渴望和追求是多么的强烈，以及求而不得的无奈和沮丧。让你感叹这样的无奈和沮丧也是人生之中最痛苦的痛苦；也触发起你身为今人，赶上祖国强盛，生活富裕幸福的新时代，是多么的幸运和幸福的感慨！

华阳湖•创客坊是一条东西走向、与华阳湖隔道相连的长长的美食街。街道两旁商铺林立，游客如潮。我和堂弟在游客的裹挟中漫步其中，这时，堂弟指着斜对面的一间"甲鱼鸡煲"商店，说那店是咱们的一个侄孙子开的。我在家乡的族群很大，出外已久，没法认识家族里年轻一辈的人了。一路走来，"哈尔滨烤冷面""阿杏饭团""御膳坛子鸡""重庆鸡公煲""状元卷饼""西宁黄焖牛肉"……这些店铺在眼前出现。退休后，我游历了祖国的大江南北，这些风味独特的地方美食我都尝过。"没想到，在这创客坊，能尝到这么多的地方美食！"我脱口说道。在喧嚣的人群中，堂弟听不清我的说话。我跟着堂弟，在客流的你推我搡中，走到创客坊另一端的出口。

我和堂弟都累了，不约而同地走进一间茶餐厅。"堂弟，你真行！"找到座位后，我不禁赞道。

"什么叫真行？"

"别人只开一间店铺，你却开一间大酒楼，这不是真行吗！"

堂弟"噗"声笑道："大哥，哪里有真行不真行的事！当初开大排档，只想着赚些持家的费用。华阳湖兴建后，生意跟着兴旺，又想赚多些……那时候啊，随着生意兴隆，就有了开一间大酒楼的梦想！到去年，我终于有条件建起了'龙湖大酒楼'，圆梦了！"

"那么多开店铺的人，会不会跟你一样，都有梦想？"我指着街道上的商铺，问。

"一样，都有梦想！"

"他们都能圆梦？"

"能！华阳湖就是一个圆梦的地方！"

堂弟轻描淡写的一句话，我恍然大悟了！每一个旅游景点都有她的动人故事，有她让人流连忘返的美丽景色，有与众不同让人津津乐道的独特风味。年轻的华阳湖，自有其青春期的勃勃美丽，但没有杭州西湖那脍炙人口的古老传说，没有惠州西湖让人肃然起敬的文人风骨，没有广州流花湖的古榕荫蔽。她除了年轻的美丽，还有另一种美丽：一种撩人发家致富梦想的美丽！一种圆梦的美丽！

置身于如过江之鲫的人流之中，自然而然地感受到一股裹挟着自己前行的气流。在这股气流的裹挟下，不如意的烦恼被摒弃，失败后的沮丧被摒弃，致人无趣的消息被摒弃，自以为是的故步自封被摒弃……梦想的意念，圆梦的意念胀满了全身，一道道闪光在脑海中闪烁飞扬……

大地对应着星空　麻涌对应着蕉林

黎启天

我还没见过观音本尊。

而此时，我正伫立在她的宝像前。

在珠江口狮子洋西畔，广州番禺莲花山上。

观音宝像神态庄严、目光慈祥。我和她一样，面向正东南方，珠江三角洲大地，空阔无边。当然，以她40多米的高度，目光会比我更辽远一些。对大地上的事物，也会洞察得更真切一些。

浩瀚的狮子洋，就在脚下。洋面上轮船穿梭、帆影点点、碧波万顷！这是珠江从左后方千里蜿蜒而来，眼前横过，又向右伸进珠江口，快要奔入大海前的那一段。

正前方，目光的远处，东江从罗浮山的那边，自东而来，途中突然像被风吹散，分出密密麻麻的支流、河涌、汊道，将大地分割成无数的长条形陆地岛屿。我们脚下横卧着的珠江东侧岸堤，张开着众多的河口，吞纳着这些东江的岔流。

麻涌镇，就是其中的一个陆地岛屿，就在这座观音宝像的正对面，珠江口狮子洋的东畔，之间仅隔着一片狮子洋。

如果时光回到久远处，观音宝像面向的珠江东岸皆为海洋。是珠江，是东江，是西江，是北江，从遥远的大山深处带来沙泥，一颗颗砂粒，长期的堆积，洲滩渐露，形成三角洲冲积平原——无数陆地岛屿。因此，与其说是河流分割了大地，不如说是大地割据了海洋。我想，沧海变桑田即是如此。而事实上，对于麻涌镇来说，是沧海化为蕉田，沧海变成了蕉林。

一

沧海，蕉田，蕉林，蕉海——麻涌香蕉。

史料有录，自宋始，麻涌已种植香蕉，至今有八百余年的历史。清朝嘉庆年间，有"香蕉多出麻涌、蕉利一带"的记载。现今，"麻涌香蕉"已是经国家认定的农产品地理标志了。

曾经，整个珠江三角洲冲积平原农业面积达 1 万平方千米以上，多以桑基鱼塘为主。而麻涌镇总面积仅 87.16 平方千米，不及冲积平原总面积的百分之一。却独以香蕉种植为特色，因香蕉而闻名。一样的土壤、土质，为何只有麻涌与香蕉气脉相通？而不是其他地方？香蕉这种物种的文化特性，从八百年前就开始就在珠江三角洲冲积平原上漫流，人们筑堤围垦，改土造田，种谷种桑种麻种蔗种蕉种万物，经过时间之筛的过滤，最后香蕉之脉聚流融汇入麻涌这片土地。我想，是历代麻涌人，通过劳作摸透了这片生息相依的土地的秉性和脾气，经过人与土地的心气相通，默契呼应，用智慧之光找到、找准并唤醒了这片土地的"地魂"，配置最相适应的农作物——香蕉。

自此，麻涌人通过香蕉与河涌密网的土地产生了深度的粘接。一幅热烈壮美的香蕉耕种图卷在这黄色陆地与蓝色海洋交界处铺展开来，在时光的那边延展到时光的这头。

这图卷从宋朝展开，那弯弯的小船一样的香蕉，顺着岁月之河，一路摇来，至20世纪初，麻涌香蕉的种植面积已经达到近万亩，远销上海、天津等城市。一串串、一梳梳金色甘甜的香蕉，成为当地的重要收入来源，养育万千子民。

蕉海（方健森　摄）

二

新中国成立后，密密麻麻的河涌两岸，人们抓粮食、搞生产、种香蕉、拓副业的热情突然如火苗腾空高蹿，莲花山前，狮子洋东畔，青青翠翠的绿蕉林，像被铁扇公主的芭蕉扇猛力一扇，绿色焰火，顿时漫天翻卷，醉美了大地人间！麻涌香蕉如金黄的弯月，照亮了麻涌，月光洒在国内，也洒向了国际。1952年，麻涌成立国营香蕉出口站，向蕉农收购香蕉，出口到苏联、日本、德国……为国家换取了大量的化肥和外汇。"梅花点香蕉"享誉海内外。1958年，因麻涌香蕉的高产种植，周恩来总理向麻涌颁发了亲笔签名的《农业社会主义建设先进单位》奖状。这可是国家向智慧、勤劳、深谙耕种法则的麻涌人民伸出了香蕉一样的金色的大拇指啊！是何等的荣誉和鼓舞！

麻涌，这个南国海边，曾经名不见经传的滩涂之地，一下子沸腾了。热烈的火焰熊熊向上，映照着麻涌人一张张充满激情和希望的脸。他们挥舞着宛如香蕉一样的镰刀，举起铁锤，干劲更足。为了扩大香蕉产量，开动脑筋，将思想从传统的牢笼中解放出来，化身为土地魔术师，转动起了土地的"魔方"。一种开发"开拓法则"是，以土地密植换空间，向土地边角料的存量要增量，大搞化肥，多搞密植，增加产量；在河边的基围、在村里的塘边，在房屋墙角，在烂草坪，在小园子，在小路边，见缝插针，地尽其用，均种起了香蕉。一时间，檐前屋后，窗旁路沿，摇曳着香蕉的扇叶，像仙女的舞袖，随风飞扬，翠绿满眼，装点着万家炊烟。还有一种开发"开拓法则"是，向非耕海涂扩空间，向大海拓土地，向滩涂盐碱地抢耕地，向荒滩草野要良田。垦荒的豪情燃起来，战天斗地的号角吹起来，一个个麻涌人弯身如香蕉之形，躬耕于大地，苦劳于狮子洋西畔，疏河排灌、建堤修闸、蓄淡防咸、改土育泥，瘦田改肥，差田改良，他们带领着浩浩荡荡的蕉林，哗啦啦地向海边滩涂进发。至于将盐碱地改造成种蕉沃土的典型，应非麻涌蛇窝改造莫属了。蛇窝是珠江狮子洋畔的一片荒滩碱地，著名作家陈残云在《香飘四季》是这样描述蛇窝的："春泛的潮水还没到来，石头一样坚硬的泥土，爆裂了似的，张开许多深深的裂缝，走在上面，厚枕的脚板也刺得发痛，但那些硬邦邦的泥土，说也奇怪，春雨来了，潮水涨了，就像水泡一样，一下子就溶得松软，泥浆淹过脚肚，人们称它作蛇窝，其实并没有蛇，也许先前的确有过许多蛇，后来给热辣辣的咸酸水淹死了，连泥鳅都活不成，蛇怎能熬得住？也许是因为它太棘手，不好摸，人们才称它作蛇。"蛇窝啊！蛇窝！那些烂田泥的咸气酸气大，又是海底，平日装不了水，海水咸潮一来，或日头蒸晒很厉害时，咸酸气便上升，什么都会被熏死、毒死、淹死。连蛇都待不住的烂洼地，香蕉等农作物又怎能生长？但智慧而勇敢的麻涌人却不信这些！偏要啃下这块硬骨头。"最好的法儿，是堵死咸潮容易涌进来的河涌，多挖排灌沟渠，多引东江水流来的淡水，大排大灌，像洗酸咸菜一般，把它洗淡。同时又用垃圾肥、塘泥肥、桔水、绿肥堆下去，把土壤改好，这样，咸潮减轻了，经过一两年，土质也改好了，蛇窝就变作肥窝了。"说似简单做时难，由于当年完全没有机械化，一切靠人工人力，打的就是人海战役，拼的就是意志、毅力和体力。当奋争的人们像海浪一样向滩涂涌去时，又常常被滩涂像磁铁一样粘住，步履艰难。烂泥下常埋藏着一些碎石、树根、鱼骨、贝壳残片，坚硬而锋利，把脚板戳破、扎烂是常有的事；而在淤泥里行走更是拔脚难行，脚一踩，人就要陷进去，有些泥潭深烂的地方，还会有整个人都陷下去的危险。人们便整个人趴在淤泥上，增大接触面积，避免陷进去。于是，在红旗飘飘的蛇窝滩地上，有的人在钊泥掘地，有的在叠基戽水，有的在淤泥上匍匐爬行，有的陷着双腿艰难前行，还有不小心跌倒的……个个浑身泥浆，摸爬打滚，迎难而上。即使是在"赶狗不出门"的寒冬时节，外面成了霜冻的世界，人们仍冒着寒潮，打着赤脚，一根扁担，一副泥筐，两个肩膀，挑泥运泥，风雨兼程。为了节省时间，还在现场搭起简易水寮，作临时住所，没有床就割点草铺一铺，人挤人，身挨身，侧着身体睡大通铺，枕着海浪说夜话，伴着各种爬虫进入梦乡。那是艰苦又浪漫的激情岁月！

就这样，经过麻涌人用肩膀扛、用锄头掘、用血汗洒，团结一心，艰苦奋斗！用松了绑的思想点亮方向，用坚定的信念开拓进取，用咬定青山不放松的韧劲奋勇拼搏、开拓前进，硬是将种不生香蕉的蛇窝改造成肥窝、福窝、丰收窝。1987 年，麻涌香蕉产量达到 100 万担，全镇人均香蕉种植面积 0.7 亩；全镇参加收购和销售香蕉的有 2000 多人；全镇有 77 个香蕉购销公司，并在全国各大城市设有销售点。麻涌香蕉像一架架金桥，架起了沟通世界财富的彩虹之路。

在麻涌香蕉种植的那段高光岁月，可以想象到，万里晴空下，那蕉林从眼前一直涌向大海，奔向广大旷远的天边；太阳穿过长叶的间隙投射下无数亮柱，沉甸甸的蕉梳串串挂满其间，有的金黄，有的翠绿，粉红或赤褐的蕉蕾垂向大地，一个个欲开未开，硕大而饱胀，充满了生命的张力；蜜蜂在嗡嗡地吮吸花蕊，蝴蝶在翩翩缭绕飞舞，蕉农在忙碌劳作，欢笑声惊动了那些或在蕉林栖息，或在啄食蕉肉的鸟儿，时而在蕉叶间飞来跳去，低回盘旋，时而成群亮翅腾起，从云朵间穿过，在远方散开缩小。在蕉林里纵横交错的河涌上，散布着装卸点，有人在向运蕉艇上装叠着刚收割的蕉串，一排排叠满蕉果的长艇，穿梭往返；人们互相打着招呼的嬉笑声，丰收的喜悦连同金色的阳光，随着蕉花、蕉果的芳香，在水面上泛滥着，顺着弯弯曲曲的河涌流向远处，飘荡到水上香蕉交易市场。上千上百的蕉船，从四面八方聚来，密密麻麻挤满了整个交易市场码头，尽管如此，船多而不乱，它们的船头，一致朝向收购站这个点，仿似定格着千帆竞发的一瞬；蕉农们，有的坐在船上吸着烟，烟雾袅袅，升腾着他们目光里的希望，有的高声攀谈，交流着香蕉种植的新信息；码头上的收购站，扛蕉的，称重的，打包的，装箱的，报数的，数钱的，人头攒动，熙攘鼎沸。被收购的百万担香蕉，将以这里为原点，带着浓郁的香气向全国及世界各地飘散出去，飘进千家万户。这种沁人心脾的蕉香，是麻涌人用智慧和汗水浇灌创造的，从麻涌的土地里冒出来，对应着麻涌人生命的气息和麻涌之"地魂"，缭绕在大地人间！

三

香蕉虽飘香沁人，但它不独有香的特质，还有"阳光之果"之称，因其在生长的初期是直的，生长过程中，为了吸收更多的阳光，以最大的表面去吸取光热，就会努力朝阳光弯曲向上生长。也有传说因为佛祖释迦牟尼吃了香蕉而获得智慧，被称为"智慧之果"。而欧洲人因香蕉甘甜芬芳的能解除忧郁又称它为"快乐水果"。因而，如果说，麻涌的"地魂"对应着香蕉，则香蕉的"物魂"对应智慧与向光，香甜与快乐。麻涌人则以其大海的胸怀，精神的能量，心魂的香气，将"地魂"与"物魂"赋能相连，给人们香甜与快乐！

麻涌蕉林（莫锐煊 摄）

天下的万事万物，总有着冥冥间的对应，或与之有内在关联的对应物。动与静，盛与衰，生与死，天上的星星，地上的眼睛。不同的是外在形式，不变的是内里灵魂。无论时世如何变迁，通达事物的内在法则的麻涌人，一以贯之地为大地赋能飘香。在新的时期，适时而动，以当年改滩造田种植香蕉的精神，再次转动起土地的"魔方"，将有限的土地资源重新整合利用，以前是想尽办法扩大土地体量，现在是着力注入增加土地价值能量，提高土地产出效益。于是便有了"金麻·香蕉""步步生香"等品牌；有了花样百出，让人齿颊生香的香蕉宴；有了种植50多个国家香蕉品种的国际博览园；近亿元的产值……也有了虾池、鱼塘、荒地、芦苇地、蕉林地"长"成"中国粮油物流加工第一镇"，全球粮油商贸输出地；有了崛起在曾经的蕉林园里的，全球领先的氢能源和新能源汽车产业以及"黑科技"的智慧物流园。他们为土地注入源源不断、强劲澎湃的新动能。

现在，当我们再站立在广州番禺莲花山上，与观音宝像朝向东南放眼，看到的不再是沧海，曾经满地蕉林翠绿，农舍点点的村野。眼前已是广厦林立，工厂遍地。其间也不乏蕉林散布、河道环绕。而最闪烁耀眼的，还当属占地3000多亩的华阳湖国家湿地公园。这是升级版的战天斗地"蛇窝"改造：生态修复、淘汰落后、绿色转型。无限的过去，都以现在为归宿，无限的未来，都以现在为渊源。湖面面积达800亩的华阳湖，绿水荡漾，是麻涌蕉林抵达新时代的另一种形态，是麻涌之香化为能量之水与这片土地再度交融，它流向大海，也连接着内陆，更通向未来。

四

在天成像，在地成形，在人成事。香蕉，原是草本植物，一棵草，却长出了一棵树的伟岸。麻涌，本是冲积荒原，一片沙洲，却与香蕉互为联系和影响，长成了一个有香蕉乡愁烙印的现代化品质城市。成就这种"象"与"形"对应连接的这个"魔术师"是世代麻涌人，这种"魔法术"是麻涌人思想和智慧的飞扬，是宇宙法则的麻涌造化！

满载而归（陈景成　摄）

水韵麻涌

宋云霞

又一次走进麻涌，源于水乡的诱惑。

如果要用一个词来形容我对这个地方的印象，那就是——碧水韵城。车子临近镇区，看到一条条河涌，满屏的清新迎面扑来，天似乎更蓝了，空气更干净了，就连这里的行道树也似乎比别的地方更加新绿。顿时，在城市狭小空间束就的僵硬感便在这一瞬间洗涤而去，整颗心也变得柔软不少。

来到水乡，必然是要看水的。打卡的第一站必是华阳湖。租个单车，就着清风，沿着湖岸走上一周，景色一处一处放映过去，心旷神怡。湖中古朴的石桥，湖边青瓦白墙、朱红柱子的大小亭子，碧柳依依，配上刻着浮雕的石栏，颇为入画。阳光落下来，微漾的湖水闪过些许银光，是鱼，还是阳光的碎片？偶尔从不知名的树木丛中，倏地掠过几只不知名的鸟儿。鸟鸣声声，凉风习习，湖边落羽杉的枝条在轻柔地飘舞。此时此刻，整个人的思绪放空了，一切都随着湖水的柔波变得澄净而柔和。

有水，必然有关于水的风俗。麻涌立村于宋朝，原为"古梅乡"，后因产麻，改为"麻涌"。八百多年的历史沉淀，加上水乡人民基因里的浪漫，使得这里的民俗活动很多，比较隆重的莫过于赛龙舟、大步巡游和万人宴，赛龙舟的热闹我没有目睹，颇负盛名的龙舟饭一直没有机会吃上，但大步巡游和万人宴我在几年前有幸参加过。一年一度的大步巡游，这一天男女老少盛装出动，各种造型的方队一个接着一个，巡游路线全长几公里。一座座小桥又将这盛装的队伍绕得兜兜转转，锣鼓喧天盖过了水声潺潺，这热闹，真可用万人空巷来形容。巡游过后的万人宴更是人山人海，一个个灶台热火朝天，上千张围桌座无虚席，各式菜肴的香气在方圆几里飘荡，吃的是震撼。这场面，即使隔了几年也让我记忆犹新，水乡人天生的豁达与好客形象根植于我的脑海。

华阳湖的桥（莫锐煊　摄）

除此之外，麻涌还有"中国曲艺之乡"的美誉，镇区为粤剧爱好者打造了多个舞台。作为游客，我没有在这里逗留下来完整听过一部戏剧，但被舞台的名称迷住了：兰陵戏台、梅林曲苑、白鹤榕荫……不得不承认，水乡的古韵是刻在骨子里的。走进古香古色的兰陵大戏台，我被它的精美华贵所惊艳——考究的雕梁画栋，一幅幅生动的戏文图鎏金而成，无不展现着戏曲在麻涌人民心中的隆重地位。站在戏台面前，我不由遐想，一代代麻涌人民在劳作中，一抬头，望见湖光水色，河涌流动，信口一曲，粤曲的余韵如流水般回荡在湖间、在稻田、在岸边，飘在夕阳下，飘在祖祖辈辈的记忆里——成了一种叫作"传承"的力量。

到麻二村，到军城走走。这是著名的"董叶乡"，因明朝洪武年间曾有姓董、姓叶两位将军带兵屯田而得名。村子榕荫掩映，三面环水，军城就在麻二公园。因为年代已久，原先的军城门楼几经改建已经不复存在，现在呈现的是仿古城楼。透过复古的青砖、垛口和炮眼，可以遥想官兵们曾经在这里开荒垦田，建设家园的场面。公园门口，宽敞的广场上矗立着董叶将军的高大雕像。"军马拖刀犁沃土，城楼戴月护家邦。"当年，两位将军在朝廷的派遣下，带领士兵驻扎于此，造地屯田。流水依依，官兵们军马拖刀，将战场上杀敌立功的满腔血性化为建设家园的力量，将一片滩涂变为一方沃土。直至他们被朝廷召回，百姓感念其恩，将村子命名为"董叶乡"。

麻涌地广物博，风景宜人，有闻名遐迩的"八大胜景"和"小四景"，名字都取得特别好，我印象最深刻的有几个："北丫蕉雨""东海渔歌""南坦禾云""归义钟声"，光听名称就令人向往。其中"北丫蕉雨"算是麻涌的重要特色。200多亩的蕉林郁郁葱葱，颇是壮观。麻涌人民种植香蕉的历史始于元宋时代，因为地处珠江口，水系发达，出产的香蕉"美香而甘"，备受欢迎，渐渐形成了种植规模，清代嘉庆年间曾有"蕉多出麻涌蕉利一带"的记载。香蕉曾是当地百姓的重要收入来源，如今虽然伴随着工业的发展，当地人生活条件好了，但仍传承着这引以为傲的品牌文化。听本地的一个朋友介绍，香蕉除了品种不同，连同一个品种在不同时节产的香蕉都不一样，考究的麻涌人还赋予它们不同的名字。因为世代和香蕉打交道，麻涌人的胃似乎离不开香蕉。当地人可以利用香蕉制作各种美食：香蕉扣肉、香蕉焖鹅、香蕉鲫鱼汤、香蕉糖水等等，数得上名字的竟有近几十种之多，足以让外乡人大开眼界。

除了旧景，还有各种农业园，得益于水乡的独特优势，瓜果丰盛，无论哪个季节到麻涌，都能满载而归。加上各种小吃，完善的旅游配套，可谓集吃喝玩乐于一体。每到假期，吸引了不少外乡游客的到来。

阅读过麻涌的一个个角落，越发感受它的魅力，难能可贵的是，它就居于城市中的一域。麻涌，曾是远近驰名的鱼米之乡，曾因为地势偏僻开发得比较缓慢，但这种慢，却在四周的现代化中体现得尤其珍贵。它如一个深藏闺中的大家闺秀，端庄恬静，一经亮相便让人过目不忘。她以涵养和美丽，吸引了八方来客，直至今天，麻涌各种产业遍地开花，尤为难得的是，在迅速融入现代化的同时，丝毫不失她特有的水乡风情。

作为一个在东莞安家的外乡人，我要感谢麻涌水乡，这片水韵之城，让我的心弦得以在闲暇之时得到舒放。城市中有此乡韵，妙哉！

一幅绿荷菡萏织造的水墨长卷

张昭强

没有约定，说来就来了。

就这样，穿过片片葱郁的蕉林，从芳草萋萋的纵横阡陌踏上古色古香的游船，然后，无声无息地滑入这片波光粼粼的湖水，滑入了湖水中"菡萏香浮"的五百亩荷塘。荷叶向翻，垂柳依依，游船在碧水菡萏间缓缓而行，宛若正在穿越古城堡中悠长的深巷，心中即刻涌上一种很古典的情愫，一种莫名的感动，也在突然间填满了我的胸膛。望着满眼静谧而秀美的荷，我知道自己已然置身在岭南水乡的风情画卷里了。

这里就是麻涌，就是麻涌的华阳湖！

华阳湖是一个"游龙披锦、云舞泽涌"的地方，是一个包含着许多历史之谜，等待人们去破解的地方；是一个以"涟漪泛彩气相随""鱼翔浅底荷飘香""田连阡陌花溢彩""百花映水画中游""小桥流水新人家"的水乡美景吸引海内外游人的地方；是一个文学艺术养分丰富、沉淀厚重、歌声飞扬、龙舟竞渡的地方。多少年了，她在我梦中一次次走过，一次次地溅湿我碧绿色的心境。如今，我终于滑进了她的波心，在她的生命中荡起了一圈又一圈爱的涟漪。

这是人间六月天。正是一派生机的夏日，天气是那样的酷热，汗水湿透了衣服，而一旦进入湖中，便有了清清爽爽的习习凉风，如漂亮的麻涌女子那双可人的手温柔地为你揩去脸上津津的汗。游船在荷塘碧道中轻轻地荡着，岸边的绿柳垂下细长的枝条，谦和地拂动着塘边的荷叶，那些伫立在荷叶上的红的或绿的蜻蜓，在微风搅动的波纹中，不时地抖动着纤翅，绿蛙也不时惬意地将头探出水面，使荷塘也为之绿波轻漾。那是一种让人心醉的绿，那是一种浸透了生命原色的绿。它惊醒了华阳湖古老而甜美的梦，使我疲惫的内心充满了蓬勃的活力。

游船晃晃悠悠，驶往荷塘的深处。船头缓缓裁开如绸的水面，船尾则又不断地缝合裁开的水面。船与水，就这样神奇的亲密接触，演绎了一种破坏与复原的迷人景致。从船头望过去，远处的水、岸上的建筑物和眼前的荷塘也是宁静的。这一大片水域，在暖暖的阳光下就犹如一块巨大的彩绸。水上娉婷的荷花，嬉戏的野鸭和飞翔的白鹭，以及纵横阡陌间的游人与亭廊，都一一构成了绸布上天然画图的元素与情节。大自然是最高明的画师，它每时每刻都在描绘着最新最美的画图，供有缘者来欣赏。不是吗？今天，我终于放下永远忙不完或者说不知忙到何时的谋生事务来到华阳湖时，我便有缘成了华阳湖这幅大自然画图的欣赏者和拥有者。我敢肯定，我在华阳湖捕捉到的这幅天然美景图，将会长久珍藏在我内心的"画廊"中。

在游船上看山、看水、看彩云、看荷塘、看飞鸟、看游人，可谓美轮

美奂的视觉盛宴。远处，黛青色的山徒然壁立，直冲流云，临水的地方草
木叠翠，石岩回光，近处则是阡陌纵横，蕉林片片。水滨群鸟云集，不惧
惊扰。而不时从水中弹跳而出的鱼，则会将你的视线从远处拉回来，于是
你会见到船舷边的水是墨绿色的，但你手捧起来却是清明透亮；于是你会
看见一只水鸟突然从你的船前潜入水底，然后在你的船尾浮出水面；于是
你会发现一条水蛇扬着头，突然从船头横游而过，快速抵达不远处的一片
绿色芦苇丛……

华阳湖游湖（谢湛溪　摄）

游船就在这般迷人的景致中悠悠而行，菡萏绿荷簇拥的水路仿佛漫无
边际，在湖的更深处，水也更为清澈，透过荷叶的间隙，天幕中飘动的云
朵在水面清晰可见。水里还生长着细长的水草和一些不知名的水菜，皆碧
绿诱人，在水波中蓬勃着生命的原色。在弯曲盘旋的水道里，我竟有不知

身在何处之感，而从岸上带出的那份不踏实，也早已被水底淡淡的云以及满目的萋萋水草、菡萏绿荷抛到了脑后，只感觉到处是耳得之而为声，目遇之而成色。此情此景，令我突发奇想：这华阳湖其实是一个熟睡者，而这些游船以及船上那些采山钓水的游人，则是入侵者。这些小船与游人，惊扰了华阳湖甜睡的梦，但也正是因为他们惊扰之中的不断点醒与激活，才使得华阳湖不至在天地之间沉睡下去。

思绪飞扬间，游船穿过了一片幽深的荷巷，眼前虽然还是荷塘，但却让人感觉豁然开朗。塘边有叫卖麻涌香蕉的当地老人，她们坦荡的笑意盛开在脸上。游船驶近时，她们纷纷热情地打招呼，请我们品尝她们的香蕉，告诉我们"麻涌香蕉果肉细滑、口感清甜，香味浓郁，还具有药用价值"，还热情邀请我们去家中小憩，用浓浓的关爱来表达自己对这一方水土的热爱和自豪，让我们这些匆匆过客感受到这里美丽的风景和醇美的民风。

穿行在绿荷菡萏交织的水道，一群又一群白鹭，在我的注目中轻轻飞过；一片兼葭又一片兼葭，在我眼前缓缓经过；一片荷塘又一片荷塘，由我脑后慢慢闪过。当然，有一些细节和场景是难得一见而令人难忘的。比如临水人家屋门"吱呀"一开，闪出一个学生模样的漂亮姑娘，只见她款款走向水边，一弯细腰，一抛一提满满一桶水就提在了手里，然后转了身给你留一个目送至消失的难忘情景。比如岸边的树荫下，一群游人不经意地打量着渐行渐近游船上的不速之客，而当你把他们当着风景拍下照片的时候，他们却早已把你当作司空见惯的风景而视之不见……

日近黄昏，天空中飘下了丝丝缕缕的细雨，将华阳湖笼罩在了一片烟雨迷蒙之中，远处的青山悄然隐退，天空与湖水的界限渐渐模糊，慢慢融为了一体。

在绵绵不尽的细雨中，湖畔的月满楼里灶火正红，鱼汤滚沸，冬瓜干蒸翡翠鱼的浓浓清香、香蕉扣肉的淡淡芳香，还有大蕉木棉花龙骨汤厚厚的醇香，以及采自华阳湖内的莲藕尖炒猪颈肉的诱人沁香，随着这缕缕炊烟，在"罗盖轻翻翠，冰姿巧弄红"的华阳湖上空袅袅娜娜地飘散开来，使人想起传说已久的"桃源"仙境。据记载：华阳湖种荷距今已有数百年的历史，无论是莲藕、莲子还是荷花荷叶及花瓣、花蕊都具有补气养神、益脾胃、除百病的功效，久服能轻身耐劳、益补延年。只是不知这华阳湖的荷是不是也和麻涌的香蕉一样，在很早以前就身具"国际范"？

华阳湖，是喧嚣红尘中的一处人间仙境，是一方令人沉迷的家园，是一幅绿荷菡萏织造的水墨长卷，她是那样的纯美，那样的恬静，那样的古朴。荷花盛开在广袤的荷塘里，汀港相间在古朴的村落旁，热忱好客的麻涌人，撑一叶小舟穿梭在荷花盛开的荷塘，撷一束惬意往来在硕果累累的蕉林，他们在水墨长卷里生活，在水墨长卷里歌唱。寻常的日子，竟是这样有滋有味，这才是真正的诗意栖居啊！人的一生，若能这样，也就够了！

华阳湖，这醉人的华阳湖，这魅力无限的华阳湖，这水墨长卷的华阳湖，让人别也依依，聚也依依……

麻涌香蕉情

陈锡明

岭南的夏天是个果实累累的季节。果园里，硕果累累，香气袭人。香蕉、荔枝、龙眼等相继成熟，让人大饱口福。但是这些水果中，我最喜欢的还是麻涌香蕉。

星期日的清晨，我来到房子后面的凉亭，泡上一壶上等的云南高山滇红，氤氲茶香，袅袅散发于空气中，鸟儿唱着动听的歌，闻着亭园四周鲜花的清香，轻呡茶水，哼着小曲，真是心旷神怡。这时，妻子捧来一把香蕉，说是女儿前两天带回来的麻涌香蕉熟了，金黄的蕉皮上梅粒点点，非常诱人。我迫不及待地摘下一条香蕉，剥开果皮，露出雪白诱人的果肉，顿时香气扑鼻。我把麻涌香蕉肉塞入口中，软绵可口，让我精神焕发。吃了一条麻涌香蕉，口齿留香，我忍不住又拿过一条麻涌香蕉吃起来，啊，那真是人间最好吃的美果。

我吃饱了麻涌香蕉，去书房找到著名作家陈残云写的《香飘四季》，在凉亭认真阅读，当我读到收获麻涌香蕉的情节，自然想起当年去麻涌吃香蕉的事情，回忆往事，历历在目。

1982 年的秋天，我在东莞师范学校读书，学校放暑假时，麻涌的陈玉兰同学约上我、莫大刚、陈士超、莫恩标、李妙云、莫胜坚等同学去麻涌观光。美丽的陈玉兰同学带领我们一行人，快乐地坐公共汽车前往麻涌。

汽车进入水乡麻涌，只见蓝天白云下，河涌纵横交错，大片田野和河涌的岸基，种满了翠绿的香蕉。过了一会儿，我们到达陈玉兰同学的家里，玉兰爸妈热情地接待我们，请我们品尝麻涌香蕉。同学们先后拿起麻涌香蕉，剥开香蕉皮，把雪白的香蕉肉塞入口中，香气四溢。顿时，房子内充满了麻涌香蕉的清香，同学们异口同声地称赞。我笑着说："麻涌香蕉和我家乡的香蕉味道不一样，非常鲜美。"陈士超同学竖起大拇指，连声赞美："麻涌香蕉清香扑鼻，真的味道不错。"同行的李妙云同学喜欢美术，欢快地对陈玉兰同学说："麻涌香蕉这么美味，你赶快拿笔和纸给我，让我把麻涌香蕉画下来。"大家听后哈哈大笑。玉兰爸爸说："麻涌香蕉有十四个种类，早在元代，东莞麻涌已出产香蕉。麻涌因为有良好的地理位置，土地肥沃，还有水源充足，所以种的香蕉特别好吃，既然同学们这么喜欢麻涌香蕉，我送你们每人三把麻涌香蕉。"同学们连声说谢谢。玉兰妈妈说："女儿，你带同学们参观我们家的香蕉园吧。"玉兰同学一拍手掌，连声说好。玉兰同学快乐地带领同学们去参观自己家的香蕉园。不大一会儿，同学们到达玉兰同学家的香蕉园。只见翠绿的麻涌香蕉树整齐排列在田间，枝叶挺拔向上，骄傲地挂满了果实饱满的大梭香蕉。同学们一边吃麻涌香蕉，一边听玉兰同学讲述麻涌香蕉的趣事。莫恩标同学情不自禁地唱起《大海航行靠舵手》，声音雄壮动听，我听着熟悉的旋律，舞动双手，迈开坚定有力的步伐伴舞。我们在麻涌香蕉林里唱歌跳舞，歌唱祖国，赞美麻涌香蕉，构成一幅令人欢乐的美景。

中午饭后，我们在玉兰同学家里午睡。下午，玉兰同学让同学们骑着自行车，带着大家去参观众多的湖泊美景。过了半小时，我们一行人到达目的地。只见大小十多个湖泊碧波荡漾，像一个大聚宝盆，岸边的花草发出淡淡的清香，空气清新，微风轻轻地吹拂着同学们的头发，大家精神愉悦，让人感觉连片的湖泊是一个世外桃源。

这一次同学们来到麻涌吃香蕉，还参观湖泊美景，让大家留下难忘的印象。临离开麻涌，每位同学手拿三把麻涌香蕉，分别与玉兰同学握手告别，玉兰同学欢迎同学们今后再来麻涌旅游，品尝美味的麻涌香蕉。

在改革开放的浪潮中，麻涌镇工厂林立，人口增多，经济取得了优秀的成绩，城镇建设发生了翻天覆地的变化。但是由于生产、生活用水直排，使河道水质污染剧增。河道、湖泊里几乎没有鱼虾，也没有水鸟。环境污染，不但让麻涌主要经济作物香蕉受到减产，而且影响群众的日常生活。

又一年的暑假到了，我计划组织同学们再次去麻涌旅游，致电陈玉兰同学，她伤心地说："唉，今时不同往日，现在河道、湖泊受到污染，香蕉产量也下降了。"我听后，难过地对玉兰同学说："这是社会发展遇到的问题，政府会解决的，将来环境变好了，我们再来麻涌观光吧。"

后来，环保的春风吹绿了麻涌镇，通过建设截污工程，综合整治污臭水河道、湖泊，实施河道清理，岸基种植香蕉和花草树木等，令麻涌镇的环境浴火重生，重现了往昔的美景，人民群众脸上重新绽开了可爱的笑容。

2016 年的秋天，陈玉兰同学再次向我、莫大刚、陈士超、莫恩标、李妙云、莫胜坚等同学发出邀请，前来麻涌镇吃香蕉和鲜美的禾虫，以及去新命名的华阳湖游玩，重拾以往快乐的时光。

八月中旬的星期日上午，阳光灿烂，天空格外晴朗。我、莫大刚、陈士超、莫恩标、李妙云、莫胜坚等同学先后到达陈玉兰同学家里。玉兰爸妈高兴地接待同学们饮茶，吃香蕉，大家愉快交谈。

玉兰同学带领同学们欢快地去自家的香蕉园，没多久，大家到达熟悉的香蕉园，同学们你一言、我一语地称赞麻涌香蕉。我触景生情地修改著名诗人苏东坡和海子的诗，朗诵起来："日啖麻涌香蕉九条，不辞长作麻涌人。面朝麻涌香蕉，春暖花开。"同学们热烈鼓掌。玉兰同学脸上露出灿烂的笑容，对我说："既然你那么喜欢麻涌香蕉，就留下来做麻涌人。"我听罢，情不自禁地边唱歌边跳新疆舞《大板城的姑娘》，并把歌词改为《麻涌镇的姑娘》，同学们拍着轻快的节奏伴舞，香蕉园充满了快乐的笑声，近处的两只鸟仿佛受到感染，也跟着嘹亮的歌声鸣叫起来。

转眼间，已到晌午，玉兰同学带着同学们回家吃饭。玉兰爸妈为同学们端上特色的麻涌美食，饭桌上有鸡蛋蒸禾虫、香蕉蒸鸡、蒜姜蒸虾、香煎河鱼等菜，让同学们大快朵颐，特别是鸡蛋蒸禾虫这道菜，味道鲜美，营养丰富。同学们不约而同地称赞麻涌的美食。陈士超同学称赞道："麻涌的美食有特色，让人感觉有妈妈的味道。"玉兰爸爸笑着说："现在麻涌的环境好起来，才会有这么多的美食让大家品尝，感谢人民政府。"同学们点头称是，从心底里涌起一股暖流。

饭后休息，玉兰同学对大家说："同学们，现在华阳湖经过园林的建设，环境大为改观，我们一起去华阳湖观光吧。"同学们愉快地答应，并各自收拾行装，先后骑自行车出发，前往华阳湖观光。

我们到了华阳湖湿地公园的大门口，宽阔的道路，路旁枝繁叶茂的树木和各种鲜花盛放，装饰环境，让同学们肃然起敬，一致要求在大门口合影留念。

进入华阳湖，只见湖水清澈，花草树木充满公园的每一个角落，亭台楼阁遍布华阳湖岸上恰当的位置，岸边是青青郁郁的芳草，盛开着姹紫嫣红的鲜花，发出淡淡的醇香。阳光洒满湖面，水面波光粼粼，水色清纯秀丽；蓝天倒映在水面，白云悠悠，绿柳拂摆。几只鸭子轻盈地划破水面，荡起阵阵涟漪。

同学们放好自行车，沿着湖边欣赏美景，并用手机拍照。因天气炎热，陈士超同学额头出汗，刚好纸巾用完，用手轻抹额头的汗水，然后去湖边洗手。清凌凌的水波，掠过陈士超同学的指尖，清爽而洁净，湿润而温柔。陈士超同学说："华阳湖的湖水真美啊，我们男同学畅泳，让湖水沐浴我们的身心，好吗？"我、莫大刚、莫恩标、莫胜坚等男同学都说好。大家先吃麻涌香蕉补充能量，换好泳裤，然后缓缓地走入水中，感受着水面逐渐上涨，直至腰间。我深吸一口气，潜入水中，先前的酷热全无，浑身打了个激灵，浸没在清澈的湖水中，感到无比的舒畅，仿佛这清甜的湖水打开了全身上下所有的毛孔，每一个细胞都因此欢欣鼓舞。我对其他男同学说："在华阳湖游泳，身心愉快，和当年学生时代一样快乐。"

忽然莫胜坚同学从旁边向我泼水，自然我也是"礼尚往来"，可还没等我转过身来发起攻击，陈士超同学从我背后泼起一大团水花袭来。我立即转身过来，说道："好啊，你竟敢偷袭我。难道华南虎不发威，你把我当病猫不成？"说完便摆出华南虎英勇扑食之势，向陈士超同学扑去……于是，湖边充满了同学们的欢声笑语，水花四溅，笑声不绝，水珠溅到湖边的花草树木上，小水珠也是这一美好时刻的见证。

这时，刚好巡逻华阳湖的管理员看见我们游泳戏水，告诉我们，不能在湖里游泳，不安全，劝说我们上岸。男同学们听从管理员的劝告，先后上岸，穿好衣服。同学们在湖边绿地上，铺上彩布，放上香蕉和饮料，一边吃香蕉，一边欣赏美景，畅所欲言。陈士超同学坐在我的旁边，他指着一把香蕉中露出两条个头大的香蕉，说道："哇，这两条香蕉真大。"我眼明手快，立即伸手把两条个头大的香蕉抢先拿走，陈士超同学大声说："这是我的香蕉。"我也大声说："这是我的香蕉。"我俩互不相让，陈玉兰同学微笑着说："你们是同学，怎么抢吃香蕉呢？应该团结友爱，我给你们讲孔融让梨的故事。"我听后自觉把一条个头大的香蕉送给陈士超同学吃，陈士超同学笑着接过香蕉，对我说："谢谢你，好同学。"看到这温馨的一幕，同学们都笑了。

男同学们意犹未尽，提议玩游戏，大家同意，围成一圈。游戏是这个同学拿毛巾放在某个同学的背后，然后马上跑一圈回去捡起毛巾，如果某个同学不知道，则被罚表演节目，如果某个同学知道毛巾放在自己的背后，立即捡起毛巾去追这个同学，如果追到这个同学，则这个同学被罚表演节目，如果这个同学跑一圈，坐回原地，则某个同学被罚表演节目。

轮到陈士超同学站起来拎着毛巾，他突然指着华阳湖东方的天空，惊奇地说道："啊，那里有一只大麻鹰！"同学们的眼睛望向华阳湖东方的天空，陈士超同学立刻将毛巾放在莫大刚同学的后背，马上跑了一圈，回到莫大刚同学的后面捡起毛巾，一会儿，大家回过神来，哄堂大笑，纷纷称赞陈士超同学声东击西，机智过人。莫大刚同学站起身来，双手抱拳，为同学们表演武术莫家拳，只见莫大刚同学挥拳踢腿，左右开弓，孔武有力，龙腾虎跃，展现了生龙活虎的风采，受到大家的连声称赞。

轮到我做游戏，可惜失败了，被罚表演节目，我对玉兰同学说："今天同学们很高兴，我和你合作表演双人舞蹈《梦里水乡》，赞美麻涌，好吗？"玉兰同学欣然点头同意，随着手机播放《梦里水乡》的音乐声音，我笑着挥动双手，翩翩起舞，玉兰同学受到我的影响和音乐的感染，也跟随我的步伐舞动起来，表达对水乡麻涌的真情热爱。同学们热烈鼓掌和欢呼叫好，其他同学也表演精彩的节目，大家陶醉于优美的湖景中。

快乐的时光不知不觉流走，斜阳西下，玉兰同学向每一位同学赠送三把香蕉和两棵香蕉树苗，让同学们回家种植香蕉树苗，作为同学情谊的证明。玉兰同学对同学们说："同学们下次来麻涌的，我带你们参观麻二香蕉文化园，了解香蕉的科普知识和香蕉产业在水乡的文化内涵。"

　　我把香蕉和香蕉树苗拿回家，太太和女儿很高兴，我和女儿一起种植两棵香蕉树苗，经常淋水施肥。第二年，香蕉树挂果了，我们全家人无比快乐，在家可以吃上美味的麻涌香蕉了。女儿吃过香蕉，感觉味道不对，我吃了香蕉，也感觉味道没有原来的好。我致电陈玉兰同学问怎么回事？陈玉兰同学认真地说："你们长安镇的土地、空气、水和麻涌镇的不一样，种植的香蕉味道当然不一样啦！没有关系，你们喜欢吃麻涌香蕉，欢迎你们全家人来麻涌吃香蕉和其他美食，还去华阳湖欣赏美景。"

　　我女儿喜欢吃麻涌香蕉，因此，我和太太、女儿时常去麻涌镇探望陈玉兰同学一家人，陈玉兰同学和爸妈、儿子每一次都热情地接待我们。我漂亮的女儿和陈玉兰同学英俊的儿子一来二往，互生好感，结下深厚的感情，征得双方父母的同意，结成秦晋之好。同学们知道这个好消息后，各自致电我和陈玉兰同学表示祝贺。陈士超同学开玩笑地对陈

老农把成熟的香蕉收割下来，再人工催熟
（冼笑欢　摄）

玉兰同学说："原来你送给同学们麻涌香蕉和香蕉树苗，是招亲啊！"陈玉兰同学开心地说："麻涌香蕉，名不虚传，那是青年人的红娘。"美味的麻涌香蕉造就幸福的姻缘，成为一段佳话。

麻涌香蕉，已印刻在同学们及其家人的记忆中，占有重要的地位，让人难忘。麻涌香蕉记载着同学们深厚的情怀。旖旎的麻涌香蕉，你永远种植在同学们的心中，芬芳馥郁，香飘四季，历久弥新。

从"龙须沟"到"国家级湿地公园"

罗海珊

我是一个东莞麻涌人，对于麻涌有着深刻的记忆，华阳湖算是麻涌实行"乡村振兴战略"后的一个成功缩影，从华阳湖的发展和变化，我能感受到家乡环境的改善以及生活条件的优化。

华阳湖湿地公园党史宣传教育阵地（莫锐煊　摄）

华阳湖的"前世今生"的变化简直是一个奇迹！2013 年以前华阳湖所在的区域重污染企业随处可见，禽畜养殖窝棚遍地开花，河水黑如墨臭如粪，是名副其实的"龙须沟"。从昔日的"龙须沟"蜕变为如今花香四溢的华阳湖国家湿地公园，麻涌是怎么做到的？

20 世纪 90 年代，东莞迅速走向工业化，经济快速发展，从一个农业县变身"世界工厂"。但同时，由于对岸的广州市增城区新塘镇发展化工、电镀和漂染等产业，加之当时麻涌发展的是传统的农业模式，附近大量禽畜养殖场直接排污，麻涌的河涌水体污染严重，发黑发臭，居民生活也被严重影响。"滩涂荒弃龙须沟，猪棚鸡舍粪天臭"。是当时人们给出对麻涌的印象。

天蓝、地绿、水清的鱼米之乡如何恢复旧日自然风光，东莞麻涌镇交出了优秀的答卷。2013 年以来，东莞市做出了建设"宜居生态城市"的整体规划，其中一大项目就是向水污染宣战，推进华阳湖环境综合整治，打造华阳湖湿地公园，还老百姓绿水青山。随着麻涌全镇"截污、清淤、活源、治堤、修复"等一系列整治工作有序推进，华阳湖从污染区转变为麻涌镇重要的生态旅游区，昔日臭泥塘摇身一变成为国家级湿地公园。短短几年光景，家乡的河涌摆脱"龙须沟""臭泥塘"的恶名，重现美丽的水乡风貌。麻涌镇是东莞市实行乡村振兴生态宜居的一个成功缩影。2021 年前，麻涌的 GDP 仅有 7.55 亿元，全市排名 28，也就是倒数第四。而如今，麻涌 GDP 高达 260 亿元，也进入了 2021 年度全国综合实力百强镇，排名第 73 名。华阳湖沿岸的旧厂房、闲置地，变成了创客坊、原创坊、壹城、古梅广场等项目。777亩耕地引进了古梅农业园。两座祠堂和1间旧仓库改造为村民活动中心，6间日久失修的旧仓库成了文化活动馆……如今，华阳湖旅游区带动麻涌镇发展乡村旅游业，麻涌人民的收入越来越高、生活也越来越幸福。东莞麻涌以绿色发展之路引领乡村振兴，推进产城融合，建设美丽乡村，创新乡村治理，谱写了新时代乡村振兴新篇章。

我了解到，华阳湖建设了华阳湖党建主题公园，将党建工作与群众生活紧密融合，以图文并茂的形式，将党建文化呈现在广大人民群众面前，使党建文化达到润物细无声的效果，可以起到示范引领的作用。沿着大树广场行走，在水上森林公园入口处可以看到大型主题雕塑，沿途每隔数米设置展示牌。展示牌内容主要包括"党的光辉历程""社会主义核心

华阳湖党建主题公园（莫锐煊　摄）

价值观""党的路线方针""党建知识""廉政文化",一直延伸到市民广场。公园将成为集思想教育、休闲健身、文化宣传于一体的麻涌文化陶冶场地。国家和基层干部的努力成就了如今麻涌经济的快速发展以及麻涌人民拥有美好而幸福的生活,我们年轻人特别感恩党和国家为我们生活的改善做出的种种贡献,华阳湖优美的生态环境让周边也逐渐转型为文化创意、科技研发、生活服务、生态休闲等产业的集聚区。成为了创业创新热土的麻涌,让麻涌人民有了在自己家门口就业的机会,很多曾经在外打拼的麻涌人也回到了家乡创业。我们的家乡变富裕了,我们也拥有更多的机会去实现自己的梦想,我们也会回到家乡继续为建设更富裕的家乡而努力奋斗!

镜头里的华阳湖

萧穗玲

华阳湖湿地公园位于"曲艺之乡""龙舟之乡"的东莞市麻涌镇，由华阳湖、麻涌河、第二涌、第三滘以及马滘河组成，四至边界为：东起麻涌河，南至第二涌与麻涌河交汇处，西至马滘河，北到西环路大——总面积为 352.09 公顷。公园内绿树成荫，环境优雅，河涌纵横交织，涵盖了永久性河流、洪泛平原和库塘两个湿地型。

2019 年 7 月，华阳湖湿地公园被广东省林业局、广东省林学会认定为广东省首批自然教育基地。2020 年 12 月 25 日，入选国家林业和草原局"2020 年通过验收的国家湿地公园名单"。

但是，其实，华阳湖很年轻，还不满十岁——在 2012 年以前，华阳湖还没有"出生"呢！而我，刚好用镜头见证了华阳湖的诞生与成长——

第一次拿起相机拍摄华阳湖，是在华阳湖开挖后不久。

华阳湖开挖于 2013 年 7 月初，每天有上百台机械在马不停蹄地施工。为了记录这万众期待的史实，我找到附近的某一座楼顶，从 8 月起，拍下了第一张"华阳湖"：在原麻三村内河和华阳村的农耕地上，大部分香蕉树已被砍除，裸露的地块在纵横交错的、宽窄不一的河道中默默地听着时代发展的交响曲。

2013 年 7 月华阳湖开挖（萧穗玲摄于 2013 年 8 月）

回首过去的农耕时代，这里曾是一片水泽滩涂，乡亲们在上面辛勤耕种，挥洒汗雨；地块与地块之间，河涌满布、鱼翔浅底、水草丰美，小船满载稻谷的金黄，在绿油油的蕉林丛中疾驰，一缕缕欢声笑语比甘蔗还要清甜，鱼米之乡养育着一代又一代的子民。改革开放后，很多农民洗脚上田，尤其是年轻人，到工厂打工去了。位于华阳村、麻三村的这一大片农耕地，渐渐变得土地贫瘠，又由于地势低洼，经常受潮水淹浸，农民的耕作积极性越来越低，出现了大片弃耕抛荒现象。同时，沿河两岸分布了数百个禽畜养殖场和数十间电镀漂染企业，河水常年受污染发黑发臭，严重影响到乡亲们的生活，却也无可奈何。

2013 年初，麻涌镇按照东莞市水乡片经济区规划，将对该地块进行生态修复。在市、镇的统一规划下，农地统筹、窝棚整治、河道清淤、截污治源、清源护岸……每天，环境整治和生态修复工作迅速而有序地进行着，工人和机械忙着日夜施工，干部群众也加入到沿河水草的栽种工作之中……

回家后，我把相片存储在电脑硬盘里。看着眼前的影像，我心里默念：这，将是一个美丽故事的开始。

乡亲们做梦都不会想到，四个月后，当初的那一块曾经满目疮痍的香蕉田，变成了"沧海"，并且在这里举行全国性的中华龙舟大赛！

10月，华阳湖第一期工程完成，蓝天碧水娇娆地展现在我们的眼前，中间的地块余泥早已被挖走，并从外面运回砂石用于加固堤围、增高陆地。这是一个活水湖，可以通过开关水闸与麻涌河进行河水的流通和更新，在"华阳湖湿地公园"雄伟古雅的牌坊下，两株新移植的巨榕仿佛两个威严的卫士，守在宫殿之前。每天带着相机，骑着自行车绕湖而行，成了我新的运动休闲方式。园区里到处是各种新种的花草树木，岸边的柳枝随风摇摆，听湖水轻声细语地哼着歌，工人们正在丈量路线、清理残土、补种花苗、安放木凳……

2013 年 11 月，"中华龙舟大赛总决赛"在华阳湖举行，央视体育频道现场直播（萧穗玲 摄）

11月16日至17日，"2013年中华龙舟大赛总决赛"在麻涌盛大举行，这也是中华龙舟大赛首次在东莞举行。CCTV体育频道在这里举行了赛事现场直播。中华龙舟大赛是国内规格最高、竞技水平最高、影响力最大的顶级龙舟赛事，可以称为龙舟赛的"世界杯"，能在家门口举行，绝对值得我们麻涌人民骄傲！那天，我和朋友兴奋地在几辆写着"CCTV中国中央电视台"的京字车牌直播车前留了影。

赛前，在主席台附近的观赛区中，临时转播栈道上早已摆放好转播机，工作人员正在调试机位，各大媒体的记者们都在寻找最佳位置，转播室里的两位主持也在整理资料，两岸前来观赛的市民挤得水泄不通，可谓万人空巷……

比赛中，锣鼓齐鸣，船桨翻飞，整齐划一的落桨，龙舟如离弦之箭疾飞，精彩的场面获得现场观众阵阵喝彩。华阳湖面，一次又一次地兴波起澜。

打造龙舟赛事品牌是推动麻涌水乡发展的一项重要举措，目前麻涌的场地是全国最标准的龙舟大赛场地之一。本次中华龙舟大赛总决赛在麻涌举办，成功把麻涌的水乡特色、水乡文化作了良好推广，推动了旅游及相关项目的发展，也推动了麻涌的经济发展。

一年多来，华阳湖湿地公园越来越美了。湿地公园不断完善景观配套、体育设施的建设，已建好了网球场、足球场等体育场地，以及包含篮球馆和恒温游泳池的综合体育馆，实乃融休闲、娱乐、运动的好去处。

华阳湖绕湖一周全长5.6公里，两岸种满了水杉、垂柳、鲜花、水草等绿色植物，一年四季展示不同的丰姿。带着相机游走在湿地公园里，欣赏着每天不同的美景、美人，让我感觉无限的美妙和幸福。早晨，太阳从

2014 年 10 月，华阳塔建成并亮灯（萧穗玲　摄）

东边升起，明媚的阳光照射在静静的湖水上面，波澜不兴，偶尔一条小鱼在水中露一两个泡，又钻了进去；你可以迎着朝霞跑一圈，呼吸带着露水的清新空气，跟腰姿摇曳的鲜花打个招呼，跟晨起觅食的小鸟共哼两首曲。午时，阳光下，湛蓝的湖水波光粼粼，犹如洒满星辰，岸上的垂柳随风摆动，在和水中的白云招手。傍晚，"一道残阳铺水中，半江瑟瑟半江红"，湖中的小岛仿佛在和水中的倒影窃窃私语，湖两岸的大型草坪上，大人、小孩正在愉快地放风筝，不时传来阵阵欢乐的笑声；夜晚，华阳塔亮堂起来了，金黄色的灯光映在湖水中，拖出了长长的灯影，在湖面拉出了条条金线。你可以携同爱人、孩子、三五知己，或园中漫步，或租借多人观光自行车，或跟随空地上的大妈们在动感的音乐声中扭扭腰、跳跳舞……

偌大的华阳湖湿地公园，到处充满着诗情画意，到处洋溢着欢声笑语。

初夏的余晖带点温柔，拈花寺牌坊长长的影子投向地面。华阳湖边的旧厂房早已被拆除，拈花寺广场、华阳湖创客坊建设初具规模。10月起，湖心的美丽喷泉每晚欢快地在歌声中起舞，一场用光影演绎大美麻涌的视觉盛宴直接冲击着你我的眼球。每天，华阳湖湿地公园及拈花寺广场游人如鲫，乡亲们、游客们在这里吃喝玩乐，尽情享受麻涌经济发展带来的丰硕成果。

2017年6月，华阳湖拈花寺广场一期工程完成，华阳湖创客坊在建（萧穗玲 摄）

这些年，通过举行多次的国际性、全国性体育竞赛，华阳湖湿地公园早已名声在外，吸引了无数的游客前来观光玩耍，成为乡亲们招朋引伴、引以为豪的好地方。回想这一年：

1月28日，大年初一，央视再次聚焦东莞麻涌。2017年第五届CCTV贺岁杯狮王争霸赛在麻涌华阳湖湿地公园举行，来自全国各地的6支顶尖醒狮队伍（南狮）在华阳湖为"狮王"荣誉展开巅峰对决；

6月3日至5日，全运会龙舟预赛在东莞华阳湖结束全部赛事，这也是龙舟首次成为全运会大家庭的成员；

10月1日至2日，2017年麻涌镇国际龙舟嘉年华于在华阳湖湿地公园举行，此次比赛共邀请到8支国际队和24支国内队共32支队伍参加。

华阳湖成了神奇的催化剂，加速了麻涌的经济、文化、体育等方面的迅速发展，重塑了麻涌"江水绕村榕树绿，塘鱼鲜美荔枝红"的水乡风光，也吸引了更多的人到麻涌生活、旅游，一同感受这水乡的悠然。

"绿水青山就是金山银山"的发展理念阐述了经济发展和生态环境保护的关系，华阳湖的诞生和成长则充分证明了保护生态环境就是保护生产力、改善生态环境就是发展生产力的道理。

展现眼前的是年仅九岁的华阳湖！落日还恋恋不想离去，星月已悄然挂在天上，华阳湖商业圈灯火璀璨，熙熙攘攘，车流、人流如织，向远方眺望，周边的高楼不断崛起，一片欣欣向荣的景象。站在同一个制高点看华阳湖，我的心中感慨万千。照片是记录历史的，回看这些年的拍摄经历，我们真的做梦都不会想到，麻涌的发展会这么迅速和美好。如果要选最美乡村，我一定选我的家乡麻涌！感谢华阳湖国家湿地公园赐给我们的灵性与快乐。

在变好、变美的路上，华阳湖国家湿地公园不仅有丰富的资源、好看的景观，还在净化空气、降低噪音、提高生态环境等方面起着积极的作用，提升乡亲们的幸福感，更成为了麻涌"招商引资"工作的一张"王牌"，为麻涌的整体经济带来无法估量的变化与提升。

2022 年 6 月，华阳湖湿地公园一片繁华（萧穗玲　摄）

随着麻涌古梅商圈的日益成熟，华阳湖国家湿地公园的配套设施不断完善，东莞市重大工程项目——华阳湖大桥于 2020 年 11 月动工建设。华阳湖大桥的建成将进一步完善麻涌交通路网，有效带动古梅路段和沿江西路路段、整个片区的旅游、经济的发展，方便游客及周边居民出行，加强与广州、深圳等周边地区的联系，进一步助推麻涌经济社会高质量发展。

华阳湖不是一天建成的，我们的美好生活也是如此。努力吧，热爱生活的乡亲们，麻涌，将因有您而更精彩！而我，手擎相机，将随时再次按下快门！

壕沟变坦途麻涌梦崛起

谢雪梅

"今天是我女儿阿梅开车把我带来的，自从修建了这条高速公路，阿梅也买了车，现在探亲真的是方便多了。"家住在东莞水乡麻涌的好婆笑容可掬地对邻居们说。随后，兴致勃勃的好婆又拉起她八十高龄的妈妈的手，聊起家常话来。

时光荏苒，岁月悠悠。不知不觉中，白发已经爬上了好婆的头顶。好婆已经迈进了花甲之年。回顾自己的一生，好婆有太多太多的不容易，吃了很多很多的苦。改革开放四十年以来，东莞交通建设的迅猛发展，尤其麻涌的交通建设给好婆的生活带来了翻天覆地的变化。好婆还是赶上了好时代，见证了华阳湖近十年的发展变迁，最开心的是享受了华阳湖给生活带来的美好。

37年前，好婆从山区增城市镇龙镇嫁到了水乡东莞麻涌。那时麻涌还是以农业为主，水乡片区以其特殊的区位优势、丰饶的土地、富饶的河涌，为农耕时期的村民带来富足的生活。当时的麻涌还有"鱼米之乡"的美称，所以水乡还是被山乡片区的村民所艳羡。一些山区女孩子常以能嫁到水乡为荣。好婆受到了命运女神的眷顾，如愿嫁到这个富饶的水乡。但是以前交通不方便，每次好婆回娘家探亲之旅，要经几番周折才能抵达。旧时的麻涌还没有通外面的公路，生活在麻涌的人们往来交通全部依靠船舶出行。在山区长大的好婆不熟水性，小艇在东江弯弯曲曲的河涌里摇摆不定，那时的好婆怕得要死。别以为船靠岸了就可以安枕无忧了，好婆还得靠"11 路公交车"（两条腿）穿过香蕉林，跨过蕉基深深的水坑，踏过几座"桥"才能到家。那时候，小木桥、树棍桥随处可见。婆家的村庄西桥是用两块木板拼在一起横铺在涌面上的，东桥是把三根竹棍用塑料绳捆在一起的。不要说过桥了，好婆就算看上一眼，心里也发慌。很长一段时间里，好婆都不能适应，她总是趴在桥面上，小心翼翼地，一步一步地爬过了晃悠而颤抖的桥。偶尔见到土生土长的本地村民，好婆苦苦央求他

2013 年 11 月所摄的麻涌路桥（萧穗玲　摄）

们帮自己带还在襁褓里的女儿先过桥，自己再慢慢爬过去。因为好婆不谙水性，实在担心她连女儿一起掉进河涌里。水乡河涌密布、沟渠纵横，那个时候水乡的村民，不管是赶集、看病，还是做工、走访亲戚，都要过桥。那时，麻涌医院离好婆的村庄比较远，要过数不清的小木桥，树棍桥，而新塘医院与村庄只是隔了一条宽阔的东江，所以要是孩子生病了，当地的赤脚医生又没能把病治好，村民跟好婆一样，都是选择带孩子坐船去新塘医院看病。在那个时候，小木桥、树棍桥，是水乡村民连接村组和通向外界必不可缺的工具。现在回忆起那段岁月，小木桥、树棍桥已成了水乡村庄的一道别有风味的风景线，深深地刻在老一辈村民的脑海里。

后来，麻涌终于有了一条中麻公路连通隔壁镇区中堂镇，不过每天只有屈指可数的几班车，能不能坐上车要靠运气和努力的。车一来，大家就蜂拥而上抢座位，上车、下车的人都堵在车门上。逢年过节回娘家的时候，好婆和刘公带着孩子，还有携带大包小包的行李和礼品，就更是艰辛。想上的上不来，想下的下不去，有些乘客从车窗爬进车厢内抢座位。车厢内的乘客找到了捷径，刘公先从车窗爬出去，好婆在一旁协助把行李递出去，然后从窗口把孩子交给刘公。现场秩序一片混乱。幸好这种有安全隐患的行为及时被现场的公路执勤人员叫停。不管怎么样，在当时能坐上车是一件足够让人欣喜若狂的事。坐上车还只是探亲之旅顺利的一小步，乘车途中的艰辛更是让人难以忍受，那个时候的公路路基还不是水泥或者沥青的，公路上的粗沙和黄泥容易流失，常常要填补。公路工人用长竹扫帚或铲子，把沙子从路两旁弄到路中央，再把沙刮平压实。当时的公路汽车驶过，天晴时会黄沙滚滚，下雨时会泥泞不堪，到处都是凸凹不平。好婆坐在车上常常被颠簸得东倒西歪，甚至会晕车呕吐。虽然路不好走，但有公共汽车，至少聊胜于无。

"三十年河东，三十年河西"。早年间的麻涌水土肥美，生活富足，被誉为"鱼米之乡"。后来，改革开放的春风吹绿了神州大地，一座座工厂如雨后春笋般在东莞的其他镇区冒出，当时的麻涌大多数人还是从事着农业为生，过着靠天吃饭的日子，原先在农业方面有优势的麻涌，慢慢成了东莞相对落后的镇区。由于地势低洼、交通不便、投资成本高等原因，很多企业都不愿意来麻涌投资。后来，麻涌镇政府领导班子逐渐意识到"要富裕，先修路"，"要想汽车通，桥梁先动工"。麻涌公路建设便出现了高潮。于是，没有路的地方有了路，小路变成了大路，泥土路变成了砂石路，砂石路变成了水泥路、沥青路。小木桥、树棍桥渐渐消失在人们

2017 年 6 月所摄的麻涌路桥（萧穗玲　摄）

的视野里。好婆所在村庄的西边的河涌填平了，村西不再需要搭桥。村东的东桥改造成牢固的水泥拱形大桥。人们出行越来越方便了。麻涌为了经济发展只好让畜牧养殖业和化工、造纸、电镀、漂染等传统工业落户，这给麻涌带来改革红利的同时，也让麻涌的环境变得越来越差，部分河涌更是成了东莞臭名远扬的"龙须沟"，空气中也经常都有难闻的气味，菜地里种出来的菜都不敢吃，使得大家苦口难言，稍微有点经济能力的群众都举家搬迁。

"两高一低"企业给麻涌带来的红利逐渐式微，如果继续沿着传统的经济发展模式走下去，麻涌的生态环境就会超负荷运行，麻涌就会遇到发展瓶颈。自2012年水乡特色发展经济区统筹发展以来，在东莞市的高度重视和政策帮扶下，麻涌淘汰了中成化工等一些污染比较大、达不到环保要求的企业，腾出用地近2000亩。麻涌的环境综合治理，收到了卓有成效的回报。曾经的华阳湖及周边河涌淤塞、发臭发黑。现在的华阳湖碧水蓝天，绿树掩映，还成为了国家湿地公园。华阳湖周边逐步建成了创客坊、印象水乡、渔人码头等新型商业体，好婆自己也是在那个时候鼓励孩子回家乡创业。她的女儿于1997年初中毕业就背井离乡在外打拼了20年，2017年当她回到家乡麻涌，发现老家的发展很快，当时镇政府也支持这些在外打工的游子回家创业，她就回到了麻涌，在华阳湖对面夜市经营了一家特色美食。华阳湖景区开放以来，每年接待游客约300万人次，成为珠三角重要的休闲度假胜地。好婆女儿的生意非常火爆，周末和节假日的时候，他们一家忙得不可开交，有时还要聘请几个大学生来做兼职。

麻涌道路网在不断完善，对外有两条高速，佛莞城轨等，对内有麻涌二桥，水乡大道延长线等。麻涌片区在交通区位上越来越有优势，吸引大量优质企业前来投资，就连著名电商京东商城的物流仓库都建在麻涌。这将直接增加麻涌镇的税收收入，也会带来周边群众收入的增加。交通区位的优势，带动了水乡经济的发展，大大提高了水乡人的生活水平。道路通则百业兴，水乡人依托交通运输的加速发展，办起了旅游业，农家乐、亲子活动实践基地等绿色产业，水乡人的日子越过越红火。

"路通则人和，人和则业兴。"通过几十年的努力，水乡片区公路从无到有，从有到优，帮助了人们脱贫致富奔小康。这些年来，好婆见证了一座座坚挺而美丽的大桥拔地而起，一座座高速公路耸立在空中，一条条宽阔的沥青公路从村庄延伸到梦想的远方。大小不一的壕沟变为通途，奏响了经济繁荣发展的新乐章，给水乡人民带来了实惠。美好的生活像画卷一样在好婆的心里徐徐展开。甜蜜的水乡梦，像一颗种子似的，在一代又一代水乡人的努力下慢慢发芽，茁壮成长。

四通八达的麻涌路网（谢湛溪　摄）

情醉华阳湖

李志仙

告别麻涌，在雾霭烟岚的水墨中缓缓而行，刚才还是满眼的小桥流水、垂杨飞燕、酒幌茶楼，车一转，转过片片水气淋淋中的粉墙黛瓦，眼前豁然一片片莲叶接天的荷塘。碧绿的荷叶清清的水在风中轻轻摇曳，摇出了"荷叶罩芙蓉，圆青映嫩红"的秀美景致。

阳光穿过薄云，透过荷叶的间隙柔柔地撒在水面，水中的荷，也柔软地在阳光薄云下生动起来。由于有太多云影重叠的缘故，云影在水面不太明显，只在离荷塘不远处的建筑物上，才斑斑驳驳地显露出来。那些坚实的建筑物上，有了云的影子，面目柔和下来许多，就像许多麻涌男子脸上时常出现的一种表情——既以礼相待又不容侮慢。

东莞是一片多荷的土地，比如桥头，比如塘厦，比如虎门……但我却是少见有眼前这种"菡萏香连十顷陂"的风韵与气度的。我到过山东的微山湖、江南的太湖、杭州的西湖，无论是微山湖还是太湖，虽然水域比这里广大得多，却没有眼前这样苍青的水质，也少了这样原生态的绿荷菡萏；而那个一直在宋代诗人杨万里笔下渲染着"映日荷花别样红"意境的杭州西湖，虽然也水质清冽，但似乎少了眼前这种空灵而浩渺的气度。

　　荷塘里有丝竹声在向翻的荷叶间悠悠扬扬。枝头啁啾的小鸟，近处葱茏的蕉林，眼前盛开的荷花以及起落在碧荷菡萏间的蜻蜓，提醒我这里是一片清新绿野的净土。几位身着连衣裙的红颜少女在阳光里风姿绰约地笑着，告诉我这里就是华阳湖，这里就是麻涌的华阳湖湿地公园！

　　华阳湖确实是一个清新绿野、风情万种的地方。我总觉得能够担当起"接天莲叶无穷碧，映日荷花别样红"盛誉的，恐怕不是杭州西湖，而应该是眼前的这个华阳湖。我以为，华阳湖荷花的名声没有杭州西湖荷花的名声大，不是因为华阳湖的风景逊于西湖，也不是因为它的历史没有西湖厚重，而是缘于地理的原因。

白鸟齐飞（莫锐煊　摄）

　　行走在华阳湖"水宿风披菡萏香"的荷塘木栈道上，让我蓦然想起三百多年前，一个叫徐霞客的江阴文人写过的一段话："汀港相间，曲折成趣，深处则旷然展镜，夹处则窅然篝画，翛然有江南风景，而外有四山环翠，觉西子湖反出其下也。""觉西子湖反出其下也"，说的是相比之下杭州西湖较为逊色的意思。这段话本来是写云南一个高原湖泊的，但我以为用在华阳湖实在是恰当不过了。

　　在我的眼睛里，杭州西湖是一位浓妆美人，而华阳湖却是一位淡抹美女，她甚至没有任何雕饰，幽居岭南，遗世独立，就连环湖的那古朴建筑、简墨国画般的湖道布局，都朴拙至极。我想，也许正是因为这种朴拙，才更加衬托了华阳湖古典、智慧而独具岭南风情的美。

　　同行的一位当地文友说："你到华阳湖来，华阳湖的风景一年四季都可以看！"

　　这句话让我怦然心动，他不说观赏，不说游览，而说"看"。眼前确实有看不完的美景：湖水潺潺，草木葱茏，垂柳依依，花语流香，"绿蛾青鬓醉横塘"。我一步入华阳湖，眼睛就忙不过来，一片荷花盛开荷香飘逸的荷塘刚迎过来，水面上就见有白羽红嘴的水鸭子在游动，有体态轻盈的翠羽水鸟在低飞。相机对准它，它却害羞地钻进水里。这种翠羽水鸟，有些像鸳鸯但又不是鸳鸯，极为罕见，我不知道怎样称呼它，怕同行的朋友笑我孤陋寡闻，也没敢问。我正伺机拍摄水鸟，女儿突然一声欢呼，我循着女儿手指的方向望过去，只见不远处一群白鹭隐现。有的在荷塘悠闲觅食；有的亭亭玉立于塘边的小径上；有的一如舞台上轻舞的女孩，在微风中顾盼张望。碧绿荷叶间，这些白色鹭鸶悠闲自得的身影，立即使整个行程亮了起来。在湛蓝的背景下，亮成了"一行白鹭上青天"的悠悠古意。

我兴奋不已，手中的相机兴奋不已，取景框里闪动着无数白色的精灵。女儿把她的相机递给我，让我看她抓拍到的白鹭的照片之际，同事的孩子又大惊小怪地叫了起来："看，水蛇！一条水蛇！"我低头一看，水面果然有一条蜿蜒曲线延展开来，曲线的尽头昂然露出一个小小的头，蛇的头。我们看它，它却不看我们，自顾自地游向荷塘的深处，只留下一条意味深长渐渐隐去的曲线。

我把目光从渐行渐远的曲线上收回，投向荷塘更远处，只见纵横阡陌的尽头有几扇点缀了柳丝条的老屋之窗开着，给人一种庭深深、院也深深地感觉。在目之所及的庭院里，老树新枝在肆意抽芽，一只灰黑色的鸟停栖在虬枝间，显得有些孤傲。树下不时撑着小花伞蹁蹁而过的游人，更为华阳湖平添了几许恬静优美的画意诗情。

沿着木栈道，走向荷塘的深处。只见塘里的水草舞姿妙曼，像一群衣袂飘飞的精灵。古诗云："欸乃一声山水绿"，但我却意外地发现，这里的山是绿的，树是绿的，荷也是绿的，水却不绿，而是一片碧蓝。游人穿行水面，宛若穿行于碧空蓝天，让我不由不联想起"春来江水绿如蓝"的景象，这样的景象一定是十分壮观的……

微风轻拂，几声婉转的鸟鸣把眼前的荷塘点缀得十分安静，有几位游人由荷风摇起的碧波间迎面走来，像是从云里走来，游人的影子从水中荡过，也从心头荡过，让人倍觉这片热土的自然清新。东莞是广府文化的发祥地，厚重的历史不仅孕育了麻涌这块沃土，孕育了这块沃土上独特的水乡文化，更孕育了满目的菡萏绿荷，孕育了荷塘中晃动的天，孕育了天上飘动的云。此刻，水中有建筑物的影子、树的影子、荷的影子、飞鸟的影子，还有游人的影子，这些影子都是安静的，没有一点声音。无数影子重叠、交织的水面，组成了一幅动态的写意风情画，描摹着游人因景变化而瞬息变化着的心情。

我突然想到，华阳湖之美，也许就美在它的流水、荷塘、亭阁以及蕉林之间的距离。看着荷叶间观音的雕塑若即若离的姿态，让人无端想起

华阳湖（莫锐煊 摄）

"蒹葭苍苍，白露为霜。所谓伊人，在水一方。溯洄从之，道阻且长；溯游从之，宛在水中央"的名句。《诗经·蒹葭》中的蒹葭，就是芦苇，华阳湖的水滨也生长着芦苇。在芦苇掩映的荷塘里，迷蒙幻觉里的水中央一定是等待着一位绝世佳人的，这位佳人就是华阳湖给人的审美效应，这种效应，是在其他地方所无法体验到的。

在别的地方，确实是很少见到华阳湖这样的流水和荷塘了。我曾泛舟昆明的滇池和贵阳的红枫湖，在滇池和红枫湖裸露的水面上，连水草也见不着一根，茫茫水域就像一只大而无神的眼睛，给人的感觉是无助，亦无奈。虽然，华阳湖的水域无法与五百里的滇池抑或浩渺的红枫湖相比，但它潺潺湲湲得很有神，它的神在水波流转间，在菡萏香浮里，在蒹葭苍茫处。因此，无论从哪个角度看，华阳湖都是顾盼撩人的美人的眼睛。

水中央的"伊人"没有看到，身边却立着一位俏丽的女孩，中学生模样，这是与我们同行的一位麻涌女孩。她始终站着，面带微笑，我才走向荷塘，就听她用略略带了些广味的普通话，以不紧不慢的语调向游人款款介绍起华阳湖的荷来，她说："过去的华阳湖是没有荷的。有一年闹饥荒，村里的人都快饿死了。一天晚上，村里的一位老人在梦中见到观音菩萨将手中的莲花抛向村头的水塘，随即，一道金光从屋外的塘中升起，一粒粒晶莹剔透的莲花籽从空中撒进水塘。老人从梦中惊醒，跑出门外，见屋外的水塘里果真长满了大片大片的荷花，月光下的荷花娉娉婷婷，凌波摇曳，摇曳出千姿百态。从此，华阳湖就飘满荷香，大家靠种荷卖藕卖莲子，日子也慢慢好了起来。荷，全身是宝。它的地下茎——藕是水生蔬菜，营养丰富，生食香甜爽口，是难得的夏令蔬品；荷叶卷煮粥、蒸肉，别有风味；藕粉或蜜饯藕片，是妇幼老弱的滋补品；莲子的营养价值特高，亦入药，具有补脾养心、固精、安神的功能，古人说吃了莲子可返老还童；莲子中间绿色的芯称"莲芯"，能清心泻火……荷，中通外直，不蔓不枝，迎骄阳而不惧，出淤泥而不染，不但点缀庭园水面，美化生活，净化水体，而且还是古往今来诗人墨客歌咏绘画的重要题材……

女孩的语音柔柔的，让人想起那温润而清冽的流水。都说一方水土养一方人，华阳湖的碧水菡萏养大的她，自然有着华阳湖温润的性格。

看不到在水一方的"伊人"，我便看这位女孩，但只要我的眼睛一落在她身上，她就赶紧把目光移开，移到水的另一边，移到蒹葭苍苍、杨柳依依的远方。如果在远方通过荷花、垂柳、芦苇丛看她，她应该就是一位在水一方的"伊人"。当我提出和她合影留念时，她不再扭捏了，很配合，大方地摆起了姿势，还把头上的草帽揭了下来，露出了白白的牙齿和纯正的微笑。

这就是麻涌姑娘的性格，这就是华阳湖的性格，该藏则藏，该露则露，藏得矜持，露得大方。此时的我们，便"溯游从之，宛在水中央"了。

天际的夕阳渐渐黯淡下去，湖岸那些鳞次栉比的建筑物，在夕阳下，也显得安泰而适然。这时的游人大多已经离去。我就近买了些久负盛名的麻涌蕉上了车，想不到同行的女儿竟想留下来，好说歹说她才终于上了车。但女儿却说，她人上了车，心却留了下来，在她的眼前一直荡漾着一片水域，一直蓬勃着一片荷塘，那是华阳湖徘徊在天光与云影间的水域，那是华阳湖"菡萏香浮"的荷塘。

华阳湖，确实是一个叫人不看则已，一见倾心的地方！

一晃一晃的车行间，我依依不舍地离开了华阳湖。车行时间一晃一晃间，我也总觉得自己还在华阳湖。在离开华阳湖时，我说："华阳湖，找个机会，我还会带着我的家人、我的朋友来看你的，看你的水，看你的荷，看你的水鸟，看你的白鹭，看你的风情。"

华阳湖，渐渐远去的华阳湖，"津有舟兮荡有莲"的华阳湖，魅力无限的华阳湖，我的记忆中一直晃动着你的天光云影，我的心里永远蓬勃着你的荷塘莲韵……

赛龙夺锦

心灵拾贝

农历五月，华阳湖，彩旗飘飘，游人如织。

莫胜军放眼华阳湖，岸绿景美、鱼翔鹭飞，脸上露出了欣喜的笑容，接着目不转睛地看着湖中一字排开的龙舟，怒目扬须，昂首挺胸，龙尾高卷，如箭在弦，蓄势待发，他摘下老花镜，用纸巾悄悄擦干湿润的眼睛。

莫胜军是龙舟迷，不仅赛过龙舟，还是制作龙舟的师傅，自从五湖四海的人如潮涌入东莞，工厂多了，地变少了，河湖黑了；收入高了，人心浮了，龙舟不待见了。

转眼莫胜军已到古稀，他常对着一条斑驳的龙舟发呆，莫家龙舟手艺代代相传，要是毁在自己手里，如何对得起列祖列宗呀。

一个阳光明媚的日子，村书记来到莫胜军家，告诉他要举办龙舟赛，他高兴得一宿没合眼，他等这场龙舟赛太久了。

莫胜军想到自己跟着爷爷、父亲，及几个帮工一起制造龙舟的往事。爷爷在选材上自是有独到的眼光，仿佛他不是在看一棵树，而是直接看到了龙头、舟身、舟底、龙尾，爷爷会在选好的木材上标示好用途，这样切木、割板的人就不会用错料，以免浪费材料和时间。锯、砍、削、刨、打孔的帮工在忙，发出清澈有节奏的撞击声，至今仍感到犹在耳边。父亲主要负责画画、雕刻、定彩，这是精致活。父亲不仅心灵手巧，更似龙舟在心，每一笔、每一凿都恰到好处。制龙舟的每道工序莫胜军都学得精髓，尤其用桐油灰填补缝隙，爷爷更夸他眼尖心细。爷爷给龙舟开龙眼的时候，是最神圣的时刻，他会净手焚香，满脸虔诚，心里一直祈祷风调雨顺、国泰民安呢。

依照村书记指示，莫胜军需要去船舶厂三个月，协同制造龙舟。莫胜军问："一定要去船舶厂吗？"村书记说："我知道你制作一条龙舟是没有问题，但这次数量大，你知道的，现在是工业时代。"

莫胜军答应了。

到了船舶厂，莫胜军参观车间，车间机器飞速运转着，嗡嗡嗡的嘈杂声震耳欲聋，工人站在锯木机、刨床机、钻孔机、雕花机、镂刻机旁，负责上料、下料，木偶式、机械式重复动作。他心里蹦出一个字：快！突然，他的心咯噔了一下，这哪里还需要我呢？村书记唱哪一出呀？

莫胜军被带到一个空旷单间，没有噪声，他一下子感到像卸掉了百公斤的担子。村书记说，龙头、龙尾用纯手工制作，这是给您的车间，您的地盘您做主。

莫胜军脸上这才有了笑意，忽然又僵住了：儿子开了一个工厂，不会与他来造龙舟，孙子在大学教书，也不可能与他来造龙舟。唉，祖传的手艺，还是要断在自己手里呀，他的心一阵难受。

莫胜军回到家，儿子恰好和他朋友在谈华阳湖龙舟赛，说到政府又在加大力度处理污水横流、河涌淤堵，岸边在种植花草树木、修观景台，华阳湖水质清澈，碧波荡漾，环境幽雅，看着就赏心悦目，将是休闲娱乐好出处。政府不一味追求经济增长，而是关注环保、关注民生、传承龙舟精神，功在当代！

莫胜军听到儿子聊天的话很满意，便与他们坐在一起。

儿子说："爸，恭喜您！制造龙舟，宝刀未老。"

莫胜军淡然一笑："唉！何喜之有，后继无人啊！"

儿子说："您得放开思想，木制品不是唯一，塑料船您不也看到过吗？听说有一种玻璃纤维做的龙舟，不仅精致美观，还能更大程度减少水的阻力。"

莫胜军听儿子这么说心就急了，但他一句话也没说。今夜又是一宿无眠。

第二天，莫胜军胡乱地吃完早餐，和村书记前往船舶厂。

莫胜军坐在书记身旁，不时地搓着手。

书记问："想抽烟？"

"不是。"

"有心事？不妨说来听听。"

"咱不会用那玻璃什么的来做龙舟吧？"莫胜军吸了一口气，把话吐了出来。

村书记笑道："木制龙舟是传统龙，玻璃纤维龙舟是标准龙。"

"使不得，使不得。龙舟是对屈原之敬、对圣人之敬，岂能坏了规矩？"

村书记说："你看呀，草鞋、布鞋、胶鞋、皮鞋，运动鞋，我们的脚受用了呀。再看板车、自行车、摩托车、小车，小车又有新能源车，这社会一直在发展呀。"

莫胜军不作声了，他知道自己无法阻挡龙舟制作的时代变迁。

顿了一阵，村书记说："您不要有思想负担，我们先去一个地方。"

莫胜军被带到了一个职业学校，村书记指着两个十六七岁的少年说："这是给您选的徒弟，他们对雕刻极有天赋，尤其喜欢画龙雕龙。您要是考核满意，今天就可以带走。"

华阳湖上的龙舟赛（谢湛溪　摄）

莫胜军打量着少年，对书记深信不疑，乐呵呵地点了头。这年月，能有人愿意当学徒就不错了，何况还有天赋。

三个月后，龙舟制作好了，看过的人都啧啧称赞。

眼前，彩龙争流，锣鼓喧天；英雄竞渡，奋楫争先。莫胜军看得如痴如醉。

"师傅，您看，那条龙舟快追上咱麻涌的龙舟了。"

只见麻涌健儿们手里的桨像风车似的转得更快了，鼓手把锣鼓敲得更响了，"嘿、呦、嘿、呦"喊声更大了，与岸上啦啦队的加油声遥相呼应，谱成雄壮的乐曲！健儿们整齐划一地划着船桨，将全身的力量通过船桨转移到滔滔湖水中，激起水花喷涌，推动着龙舟飞行，留下一道白练般的波纹涌动。

麻涌龙舟冲进了龙门，一声枪响，欢呼四起，莫胜军"嗖"地起身挥舞红旗，和着广播里《赛龙夺锦》的歌声，响彻华阳湖的上空！

魅力华阳湖

周丽君

从家到华阳湖，只需要十五分钟左右的车程，虽然，张一鸣携家人到东区时，还不到晚上七点，放眼望去，满目皆是靓车，他花了好几分钟才在停车区域找到一个停车位。

平常，张一鸣去得最多的地方就是华阳湖，因为，在这里，他不仅获得视觉享受，还得以锻炼身体、放松心情。只要朋友问他住在哪里？他就会忍不住笑着说，只要你到了麻涌华阳湖，也就到了我家的后花园。

其实，东莞麻涌已有八百多年的历史了，古时多以种麻为业，又因河网密布，众多如麻而以麻涌为名。这里也是著名作家陈残云先生的长篇小说《香飘四季》的原创地。虽然，小说主要讲述了珠三角的人们在 50 年代积极建设新农村的故事，其间却穿插了不少麻涌当地特有的风物人情，还有非常浓郁的水乡色彩，只要细细读完，眼前绽放的就是一幅幅南国多姿多彩的美景：郁郁葱葱的蕉林，金黄飘香的稻田，穿梭河面的舟楫……就因为这一部小说，张一鸣开始迷上了这个岭南之地。自从大学毕业来到东莞麻涌应聘工作成功后，他则更深地爱上了这片土地，并在此生活了将近二十年。

张一鸣的父母亲习惯了有乡邻聚约的日子，只是在儿子娶妻生女之时，他们才到东莞短暂生活了一阵子，然后又回归了故地。每逢春节，张一鸣就会携妻女回去陪父母亲过年。可就在前年，母亲因病离世后，他再也不放心父亲一个人留守在老家。此次，搬新居后，房子比以前更宽敞了，他特意从湖北老家把父亲接到了麻涌的新家，以便于更好地陪伴、照顾老人。

前不久，张一鸣就陪父亲去过创客美食坊品尝各种美食，也沿着乡村路线领略了"古梅乡韵"特有的岭南风土人情。到了国庆黄金假期，自然而然，华阳湖再次成了他的必去之地。

张一鸣喜欢看华阳湖湖畔那片落羽杉随季节不断地从新嫩青绿变成黄绿，又渐变为红色；也喜欢到白鹭亭观看一群白鹭展翅掠过水面直飞蓝天；他还喜欢泛舟湖面，穿过层层叠叠的荷叶，任淡淡荷香萦绕，愉悦地欣赏一路风光……虽然，张一鸣已非常熟悉华阳湖的每个景点，但趁着周末，他依然陪着父亲，沿着湖畔，经过华阳塔、腾龙阁，穿过月亮湾、桃花坞，漫步林荫道，看湖面碧波荡漾，飞鸟盘旋，听蝉鸣，闻花香……

此刻，尽管已是晚上，可身边游人如过江之鲫，并不比白天少，他父亲忍不住问："一鸣，这里一直都这么热闹吗？"

"是呀，来得最多的是周围居民，他们一有时间就会到这边散步，或骑车闲游。一旦到了节假日，外地游客也慕名蜂拥而至，这里还成了不少网红打卡之地。"

　　"一晃十多年，扬扬现在都上初中了，若不是重游此地，我怎么也想不到这里会有如此大的变化。"老人虽已满头银发，但精神矍铄，说话声中气十足。

　　"爷爷，难道之前有什么不一样吗？我觉得麻涌一直都很美丽啊。"孙女张扬插话。

　　看着孙女眉飞色舞的样子，老人慈爱地摸了摸她的头，"扬扬，就在你刚刚出生的那年，我同你奶奶专程从老家来看你，当时在这里看到的景象与现在相比，我只能用一个词语来感慨'今非昔比'。"

　　"我想，这里将来还会越变越美好呢！"张一鸣笑着说，同时，他

节日里的创客坊（谢湛溪　摄）

的脑海也立刻闪现了 90 年代末的麻涌景象：那时，为了发展经济，提高GDP，东莞各地掀起了工业化的热潮。麻涌也随之急于转型，却由于公路交通不发达，当地大多是一些化工、印染、电镀、皮革等污染企业。当地经济在短期内虽然有所发展，但因一些企业违规、偷排废水，导致清澈见底的河涌逐日变得浑浊，水面开始泛起幽幽绿光，有的河道还逐渐淤塞，严重时，就连清污船都开不进去。而且，华阳湖周边还建满了禽畜养殖场，鸡棚猪窝错落交织，垃圾成堆，刺鼻难闻的气味常让路人只能掩鼻而过。

面对日益恶劣的环境，东莞麻涌镇政府决心整治环境。虽然，预知城市升级转型会有阵痛，但他们已深刻意识到：环保是促进中国经济换挡升级非常重要的动力，只有提前有序发布环境要求，依法常态化监管，才会产生传导效应，也才会带来企业竞争力正向效益的提高。于是，他们坚决选择了以习近平主席提出的两山论为宗旨：树立和践行绿水青山就是金山银山的发展理念，坚持人与自然和谐共生，且于 2013 年开始借势提出"水乡特色发展经济区"的战略部署，逐步关停了上百个不合格的污染企业，并清拆了周围的非法畜禽养殖场。接着，就是一系列大力整治河道的行动，以华阳湖为中心，连同周围的河涌，也一并被清淤疏浚，且沿着河道，用了六年多的时间，建成了二十二公里独具岭南特色的水上绿道。如今，碧水泛波，榕树成荫，木棉红冠当头，姹紫嫣红的花儿肆意绽放，形态各异的鸟儿也以此为家，再配上水乡特色的凉棚、埠头，处处弥漫着岭南水乡风情……

　　张一鸣正沉迷于往日的回忆中，旁边却传来女儿兴奋的喊声："爷爷，快看！光影水秀剧场马上就要开演了！"扬扬正拉着老人的手，笑着指向前方。

　　据悉，麻涌的光影水秀剧场通过数码控制系统进行全数字化处理，经过多次升级，以"水舞＋光影＋交响乐"组合，以其新颖独特的表达方式，向游人再现了麻涌人文历史、展望新篇和筑梦家园的愿景。

　　抬首远望，此时的华阳湖湖畔，灯火璀璨，在夜幕中流光溢彩，光影倒映微波中，似两条蜿蜒盘旋的彩龙，盘活了整个华阳湖。恰在此时，当柔和而富有古韵的旋律响起，长200米，宽24米的大型音乐喷泉开始缓缓涌出五颜六色的水柱。随着现代音乐的节奏变得明快而激昂时，喷泉随

华阳湖光影水秀（丁国东　摄）

之 360 度旋转跳动，水中的光影在霓虹灯的映衬下，也开始变换着各种造型，不断形成五彩缤纷的水柱、水雾、水球……当中心水柱高达 108 米直冲云霄时，场面尤为震撼，整个半空，都染上了明亮的华彩，这简直就是一场美妙的视觉盛宴，令人惊叹不已。

扬扬一边录着视频，一边还不忘提醒着父亲张一鸣，让他从不同角度去拍下光影水秀剧场的精彩瞬间，并帮爷爷拍照留影。当具有诗意的光束灯表演秀接近尾声时，大家还在为之情绪激动，且流连忘返。

毋庸置疑，华阳湖是麻涌对外的一张精致名片。在历史发展的潮流中，华阳湖的美丽也曾失色过，可在当地人们不断努力下，却得以华丽转身。如今，华阳湖正以自己更优雅、美丽且富有内涵的魅力，吸引着更多中外游客的目光，也让更多人像张一鸣一样，把此地当成了自己的故乡……

生态麻涌和美幸福

胡　瑛

　　从学校退休后，我身背挎包，游览过很多地方，唯独在麻涌，我邂逅了一种令自己为之心动的美，这种美，令我神往，让我感动。

　　说起来，二十年前我也曾去过麻涌，那次出差，是带学生们实习，说实话，那时的麻涌，并没有给我留下什么好印象。那时的麻涌，天是灰蒙蒙的，工厂的大烟囱冒着黑烟，街道狭窄而逼仄，匆匆而过的车辆行人，面目冷漠而呆板，留下一道黑烟，或一地的冰冷，街道上散落着垃圾，也不见有人清理。公交车上的售票员，无聊地望着车窗外，眼睛空洞失神；商场里的售货员，不停地拿算盘敲击着柜台，一副爱答不理的样子；餐馆里的服务员，上菜时把碗盘"咣"地摔在桌子上，然后头也不回地扭头而去。

　　那时麻涌的经济，也像它的城市面貌一样不景气。不仅是麻涌，当时全国许多地方都是这样，我所在的学校，也面临着招生的窘境。印象中那次麻涌之行，去也压抑，回也压抑，一路上心情都不甚愉快。

　　二十年一转眼过去了，现在的麻涌怎么样了，它还像过去那样灰暗吗？还是已经旧貌换新颜？带着种种疑问，带着种种希冀，去年退休后，我把出行的第一站，就定在了麻涌。

当我走出客车，展现在我眼前的麻涌，不由得令我大吃一惊！二十年过去了，昔日印象里灰蒙蒙、脏兮兮的麻涌，现在已经变得整洁、清爽、生态、自然。广场上，宽广平整，纤尘不染，抬眼望去，地上不见一片纸屑。跳广场舞的大妈们，喇叭的音量都开得很低，看着她们健美的舞步，舒展的笑容，幸福的神情，我不禁也走上前去与她们健舞同乐。一曲舞毕，见自己的阵营里多出了新人，一群年轻漂亮的大妈热情地围了上来。你一言我一语，很快就跟我打成一片，我告诉她们："我是退休老师，从

华阳湖拈花寺广场（谢雪丽　摄）

山西来的。"大妈们一见如故，纷纷向我展示热情，这个说："你们那的煤炭好啊，老陈醋也很有名。"一个道："欢迎你来麻涌，这几天如果有时间，就跟我们一块儿玩吧！"好客热情的麻涌人，让我有些激动，又有些不知所措，紧握着那一双双温暖的手，祖国大家庭的温暖和麻涌人的善良，令我喜不自胜、感动万分。

出了广场，来到公园，远望假山碧湖、清波荡漾、青松翠柏、绿树成荫，湖里锦鳞游泳，湖岸处处桃李芳菲，好一派自然生态景象，好一个令人心旷神怡之所在。拆除了围墙、向市民免费开放的公园，更已经成为麻涌市民休闲、放松的胜地，适逢周末，公园里既有散步遛弯的老年人，也有带着孩子一起玩耍的年轻父母。看着他们那一脸幸福、恬淡、轻松的神情，再看他们的穿着打扮、手机相机，与北上广深等大城市已然不相伯仲，唯一不同的是，麻涌人比那些大城市里的人活得更自在、更休闲、更放松、压力更小、负担更轻。目睹此情此景，我不禁感慨："麻涌真是一处人间仙境，一个生活、奋斗、养生的好地方！"

不知不觉，时间已到饭点，我乘坐公交来到麻涌最热闹的商业街上，寻一家饭店进屋坐下，年轻的服务员彬彬有礼地把开水和菜单双手递上，请我点菜。享受一顿麻涌特色美食，酒足饭饱之后，我向服务员提出自己下午还要游览，能否给我的水壶灌壶开水。服务员二话没说，便将水壶拎去，一会儿出来时，壶里已灌满热气腾腾的开水。此事虽小，但足以折射出麻涌人的热情好客，以及对老年人的关爱。我高兴地不禁连声道谢，服务员一句："不客气！阿姨，欢迎您再来。"在麻涌的日子里，我感到麻涌年轻人的素质真的很高，敬老爱老，也已经在此地蔚然成风了。

　　在麻涌游览的日子里，我看到的是一个和美、幸福、繁荣的麻涌。这里不仅风光好、生态佳，处处有绿色，处处有风景，而且这里的人无论男女老少，都很善良，从麻涌人的一言一行、一举一动中，都可以看出他们对生活的满足和热爱，简而言之，就是麻涌人的幸福指数很高。而这一点尤为难能可贵，因为它在其他很多城市里都属"奢侈品"。在我与麻涌人交流的过程中，他们也告诉我，近些年来，尤其是党的十八大以来，同全国其他地方一样，麻涌的政风、民风、社风都有了很大程度的好转。现在麻涌天蓝了，水净了，人美了，面貌新了，相信假以时日，再过若干年，那时的麻涌一定会带给世人更多的惊喜！

水铸的灵魂

林汉筠

涌者，小河也。麻涌，则是如织一样的河流交织在一起。岭南麻涌，绍兴十年（1140）先祖就在这里竖起第一片桨片，打下了第一根木桩，由于河网密布，1263 年正式命名为"麻涌乡"。

壬寅年春月，阳光正劲，一班被疫情"封疯"了的文朋诗友，相约麻涌，畅游华阳湖，品茗谈诗，不亦乐乎。碧深的江水映着天青色，江边上有一片片红叶、绿叶竞相伸出头来。此时此景，仿佛在哪儿读过一首这样的诗？对，是诗祖屈原那首《招魂》。

"魂兮归来，哀江南"。在这多情的水里，仿佛看到时光与我们一道，在水的灵性中为屈原起舞。

"使江水兮安流"

春秋时期齐国的政治家管子，应该早于屈原 380 多年。他在《管子·水地》关于水有了精辟的分析。他说："龙生于水，被五色而游，故神。"那时没有科学依据，无疑是将水的灵性神化。大禹治水一直被神化为与恶龙搏斗的结果嘛。看来水可有载舟也可以覆舟，当然水可以给人以力量，滋润人间万物，与阳光一样滋养大地。

屈原注定是一个与水生死相依的人。

水，是屈原生死之结。约公元前340年，长江边上的湖北秭归县一个水上人家的他，"石洞读书"与"巴山野老授经"，一直成为他人生的一个坐标；与姐姐一道掘井，至今还在秭归县流传佳话。而年少那次指挥若定的军事指挥，则为他仕途打下了坚实的基础。16岁时，便考取了当时的最高学府"兰台宫"。20岁行弱冠之礼即以最牛毕业诗留在兰台宫做文学

麻涌河道上举行龙舟竞赛（陈景成　摄）

侍臣，还常主持宫廷的文娱祭祀活动。

"放水养鱼"，让屈原初露锋芒。继后，应怀王之召出山进京，并任鄂渚为县丞，几年来升任楚怀王"左徒"。我一直纳闷"左徒"到底属于哪个等级，也查过很多材料，都没有什么记载，应该是周楚王给多才多艺的屈原特设的一个官阶吧。司马迁的《史记》仅记述屈原"为楚怀王左徒"，却无明确记述这一官位。但这个左徒"……入则与王图议国事，以出号令；出则接遇宾客，应对诸侯。"朝廷一切政策、文告，皆出于他那粗裂的手。可以想象，这个官在楚国可以是"一人之下，万人之上"。但是，出生在这样一个列国纷争，战火连绵的时代，在他担任左徒的时候，正是第二次"六国联盟"惨伤之时。鉴于两次六国联盟连续失败的教训，再花力气结成新的联盟已经不现实了。屈原在外交政策上坚持主张"联齐抗秦"，作为"特使"使齐，实行变法改革，制订并出台各种法令，对内积极辅佐怀王变法图强，对外坚决主张联齐抗秦，使楚国一度出现了国富兵强、威震诸侯的局面。

时势造英雄，英雄也造就时势。任何时候的改革都会触痛一些人的神经，一场改革不仅仅是要超越"历史局限"，更要经受多少时代的洗礼。

"采薜荔含水中，擘芙蓉兮木末。"书生报国，变革是一大法宝。为实现振兴楚国的大业，对内积极辅佐怀王变法图强，对外坚决主张联齐抗秦，使楚国一度出现了国富兵强的局面，关于此次的变法内容，《史记》和《战国策》记载得过于简略，现代人无法窥其全貌。但纵读屈原，他主张的变革，无疑是针对当时秦国力量强盛，楚国面临着被秦国统一的危险这一情况，采取的主要措施应该是奖励农耕、军功，发展生产，改革内战，扩充军队。

受了秦国使者张仪的贿赂，当朝者害怕屈原在楚顷襄王面前老提起反抗秦国的话，害怕打起仗来自己不能过好日子，于是，屈原成了他们非拔去不可的眼中钉。"积毁销骨"，一心一意改革的屈原就这样"被顷襄王放逐于江南"。

一番雄心，付诸东流。"举世皆浊我独清，众人皆醉我独醒。"错误的时代，听听屈原理智的高呼。不会揣摩上意的屈原，死得难堪。

"亦余心之所善兮，虽九死其犹未悔！"悲哀的国情，屈原的心志却在坚守。后人贾谊在《吊屈原赋》中，这样描写屈原所处时代的社会状况："呜呼哀哉，逢时不祥！鸾凤伏窜兮，鸱鸮翱翔。阘茸尊显兮，谗谀得志。贤圣逆曳兮，方正倒植。世谓随、夷为溷兮，谓跖、为廉。莫邪为钝兮，铅刀为铦。斡弃周鼎，宝康瓠兮。腾驾罢牛，骖蹇驴兮。骥垂两耳，服盐车兮。章甫荐履，渐不可久兮。嗟苦先生，独离此处兮！"

在滔滔的汨罗江边，在养育过他的荆楚大地，苍茫茫，尽凄凉，抚摸着大厦即倾的一砖一瓦，一草一木。这个伟大的灵魂，众醉独醒，孤独地走着，有人可以理解，可是有几个人会像他那样要以皓皓之白让世人清醒？与他交情颇深的渔夫劝他随波逐流、与世推移，但燕雀能知道鸿鹄的志向吗？屈原则不能忍心于以自身的皓皓之白，蒙世俗之尘埃。"沧浪之水清兮，可以濯吾缨。沧浪之水浊兮，可以濯吾足。"（《渔父》）在屈原身上，我们却看到了这种伦理责任压力，使得屈原精神之流的压强增大，使他的人格不断向上，使他臻于伟大之境。

他虽已不再能为楚国民族的兴旺贡献力量，却要用自己尚存的生命，为楚国人民的苦难凄怆呼号。把所有的血泪涂成了伟大的诗篇，把自己的生命殉了祖国，与国家共存亡，由此成了屈原不屈不挠的精神品质。在后世人们的心目中，他似乎成了某种精神道德的爱国楷模，高高屹立在苍黄翻覆的历史烟云之上，俯视着中国诗史的诗歌王座。

时间定格在公元前 278 年五月初五，汨罗江上。62 岁的屈原，长发飘飘，神情中无不显现出那亡国之痛的焦灼与哀伤。我无法揣测屈原那种深受蹂躏的土地上痛楚的表情，我想，他肯定看到水中的倒影，看到一朵绚丽的花在水中绽开，然后一朵朵次第绽放，然后神奇无比。站在江水里，仰天俯水，一阵感慨，一声叹息，或者一声不说，笑嘻嘻地走向水中。不，走向灵魂深处。他要在水里化作一尾坚硬的鱼，用自己的死去唤醒社会。

水天一色，水鸟清唱，成群结队地尽享着天空和大地，两岸野花似锦次第铺展。一阵风过，树影摇曳，水波荡漾。与他一道落进江水里的是耳旁呼啸的风，舞蹈的鱼。

撞去膝盖上的灰尘，阵阵隐痛袭上心头。望着汨罗江上的水光山色，一切省略了，只有那一声声咏吟声，在大江南北回响。

是汨罗河成全了屈原，还是屈原成全了汨罗河？这个有趣的关系，一直连着一个人一条江水。

怦然令我心跳的是，这样一个人他走了三千年，三千年光阴，三千里河山，一个不朽的生命，从战国到今天，甚至到未来。

江水如此多娇。五月初五，汨罗江的身影，唤起民众的自强意识。楚人岂能舍去那个其身铮铮、其心昭昭的三闾大夫？据说，他们争先恐后地划船追赶拯救，追至洞庭湖时依旧不见踪迹。之后每年五月五日划龙舟以纪念之。借划龙舟驱散江中之鱼，以免鱼吃掉屈原的身体，之后竟然成了一种风俗，成了一个伟大的节日。

"报国遭谗两放逐，痴心不改九章出；汨罗滚滚万人泪，唯有离骚千古流"。

屈原精神不朽，如同永不枯竭的万里长江。

岭南的麻涌，闽南的长汀，本是不相干的两座城市，就像相距两千里的岭南与湘北汨罗一样，因为水，让两地文化通融起来，因为一个人，将两地相牵起来。

天启元年（1621），麻涌河走出来的萧奕辅，力挫群雄，中举乡试，翌年又得高中进士，授为福建省长汀县令。在任期间，发现县内告状者如云，申冤者声震衙门。他主张，在官一任，须谋民生之力，当解民生之忧，便脱下官袍，深入民间去了解顽疾所在，挂出"公正廉明"的牌匾，升堂断案。他不取分文，只重法案。很快，数百宗积案解决，件件公平公正，原告被告心服口服。在他的治理下百姓安居乐业。可是，这样一个县太爷，自己的母亲却病死官署，竟无钱治丧。长汀绅士见状，自发为萧母戴孝，发动士民帮他料理，才把棺枢运回乡。

守孝期满后，又被起用为河南省叶县的县官。此后历任广西道御史、太仆寺少卿、金都御史、福建巡抚等职。在任职期间，有陈虎、关日奎、陈佳等起兵作乱，萧奕辅出奇兵擒获关日奎，迫使陈虎接受招安，杀了陈佳，又平定了陈倍赞、吴救贫的部属，使福建的局势安定下来，因功被加官晋爵。告老还乡后，见清兵南侵，广东的韶关、连县告急，他献出积蓄六百两银建铳台，以抗清兵。所铸的大炮，如今尚在香港九龙。

"八十年来鬓尚苍，乡宾两举姓名扬。临秋正熟黄花酒，对客频飞碧玉觞。"在他尚留的《寿乡饮宾乐善陈先生八十加一》这首诗里，我们仿佛看到一个和谐美满的家庭，"子妇并开青案好，孙曾群羡白眉良。"国泰民安，正如那声声击鼓，是悠扬的乐曲，是激起的奋进号，是人民对美好生活的向往。此时，对面传来一阵铿锵的锣鼓声，很有仪式感的场景，焚香、摆供、祭拜、读祝祷文，然后听得一阵鞭炮声响，一群生龙活虎的后生仔，跳入水中开始"起龙"。

"太邱门第由来旧，星应天南聚一堂。"

一场声势浩大的龙舟赛，即将在这片江面上演。

华阳湖畔春风拂

陈晓莹

五月，春花烂漫正当时。趁着五一节假期的闲暇，我决定带着妹妹去华阳湖走走，听听人声，赏赏春色。

站在牌坊前，入眼的便是两行临时商铺前攒动的人头。特色小吃的香气在半开放的小店里飘出，出其不意地俘获来往游人的味蕾。尚未开放的风情岛是别具一格的背景板，湖光水色，绿树繁花，在春日醉人的微风中相得益彰，自然的勃勃生机与人类的巧思建筑和谐共处。

再往前走，高大苍翠的水杉像忠诚的士兵，守卫着湖畔艳黄色的美人蕉。眼前景象实在热闹，我忍不住拿起手机拍下这一刻的景色。来往的游人愉悦悠闲，有的倚在石栏杆上享受湖风拂面，有的牵着乖巧可爱的宠物小狗散步赏景，还有的携着亲朋好友，租一辆带着彩色条纹雨棚的多人观光自行车，车铃叮叮，笑声朗朗。

走上兴华桥，有亭翼然临于上，供游人遮阳避雨。恰在此时，旁边传来一声小孩的惊呼，我顺着他指着的方向一看，一只白鹭掠过，在湛蓝的天空中划过一道优美的弧，栖在了河道旁矗立的水杉树上。童年时曾见过钓鱼翁在门口的小溪旁捕鱼，后来工业化发展带来了污染，我就再也没见过水鸟了，未曾想这一片湿地又将这样美好的生态展现在这一代孩子的眼前。

绿道旁的夹竹桃开得正盛，黄槐决明花簇拥成团，坠在满是绿叶的枝条上，游人的嬉笑声中夹杂着几声蝉鸣与鸟啼。"如果让你取名的话，这片区域叫什么？"我指了指面前的一大片草地，停下脚步，坐在了小道旁的长椅上。妹妹望着眼前的景象喃喃，"有草地，有树，有好多人在野餐……"我笑着补充，有很多小孩在放风筝，还有的小朋友在吹泡泡，看呀，在阳光下亮晶晶的，那里有一辆很漂亮的流动冰激凌车。

妹妹拍了拍脑袋，似是灵光一闪："就叫'守护童年区'。"我愣了一下，反应过来觉得实在是妙，自然与童趣在这一片绿意盎然的草地里交汇，衬得这一方春色更为灵动活泼。"走吧，请你吃芒果圣代，也守护一下你的童年。"我站起来，拍拍裤子，推着妹妹的肩膀，嬉笑着朝排着长龙的冰激凌车走去。

经过古色古香的华阳塔，走过龙华桥，游人只余寥寥。妹妹捧着雪糕，边吃边和我搭话。在午后的盎然春色里，我在稚嫩的提问里想起过往，娓娓道来。其实我对华阳湖并不那么熟悉，在外求学的这些年里，它在我的印象里像是拔地而起，更不知道什么时候就变成了镇街的地标性景点。我想起了小时候，嘉荣商场尚未起建，节假饭后常去的地方还是合益超市和步行街。谁也想不到这个小城镇竟能打造出国家级的湿地公园，环境的改善为旅游业的发展提供契机，一系列的连锁反应促成了如今经济和生态上的新气象。

　　小道的尽头变得开阔，我们走到了亲水平台。远处湖面水平如镜，倒映着澄澈的天空和棉花糖般柔软洁白的云，靠近湖畔的柳树婀娜多情，舒展拂动的发丝是与春风戏耍的证明。近处游人来来往往，小孩坐在各式的卡通碰碰车上，追逐，碰撞，绕着茁壮的大树转圈。不远处一辆双座的碰碰车引起了我的注意，五六岁大的小男孩不停地打着玩具方向盘，他的父亲挤在小小的副座上为他护航，母亲坐在一旁遮阳通风的凉亭里，扬扬手上的水瓶询问他们要不要喝水。这是讲究效率的快节奏时代里弥足珍贵的画面，却时时在这里上演。

华阳湖大草坪上的潮玩（莫锐煊　摄）

　　绿道旁摆摊的商贩慢慢多了起来。有的是趁着节假日来尝试摆摊的青年，向带着小孩的游人推销精美有趣的玩具；有的是本地务农的老头和老太太，三轮车上摆放着黄澄澄的香蕉；还有操着浓重外地口音的摊贩，手上提着的篮子里装满了一簇簇晶莹剔透的樱桃。不管是青涩的尝试，或是小小的生意，在这里都能得到包容和接纳。

　　临近傍晚，斜阳穿过茂密的树梢，在木质栈道上投下细碎的光，微风中多了一丝清凉。我和妹妹走在被绿荫遮蔽的小道上，游人的交谈嬉笑声，鸟啼和知了嘶鸣，在徐徐清风穿过树林的沙沙声中显得格外和谐。在五月的春日里，在这一方水土上，人与自然选择和谐共处。

　　又是春天好时节，流连在华阳湖畔如画的美景里，涤荡内心的焦躁与浮华。"走吧，回家。"我转身对妹妹说。我想，在这个春日里，响亮的号角即将迎着春风吹响，新的奋斗征程将要再次起航。

秀美华阳湖生态新家园

张　悦

那是一个春日，我来到东莞市麻涌镇绵邈清丽的华阳湖，这是流淌不息的最美风景，蜿蜒的湖水像一条流动的"玉带"，美不胜收。美丽华阳湖，以典型的湖泊湿地公园的面貌出现，打造为集休闲旅游、农耕体验、科普文化和城市生态等多功能于一体的岭南水乡湿地旅游区，已成为城市发展的景观轴、生态轴，彰显着山水风情与生态时尚。

近年来，具有"中国最具特色魅力乡镇"之誉的麻涌镇营造的开放式湿地公园景观，以独特风姿吸引着四方的游人。在这幸福美好的湖滨公园，阳光灿烂和煦，洒下金色的光辉。自然景色秀美、人文底蕴丰厚的华阳湖，清澈秀美，花海漂游、彩虹桥、月亮湾、泽乡花田、芭蕉小筑、湖畔塔影等景点星罗棋布……处处都有自然生态的胜境，人文览胜的殿堂，令人由衷地赞叹！

美丽的华阳湖边，满眼葱茏的绿化景观，两岸风光焕然一新，公园内有广场、亲水平台、栈道、亭廊、景观绿化等，一一呈现在市民面前。在春风中一路游来，美丽湖滨的风情，生态家园的风景，点缀着处处春光，教人惊艳。我步履轻盈地走近湖边民居，映入眼帘的，是蓝天、碧水、绿树、庭院……山水相依，绿韵葱茏，古意盎然，宛如一幅水墨风情画。这里既充盈着秀美而古老的情愫，又洋溢着繁盛的生态家园风韵。

我徜徉在洁净的湖岸边，五彩斑斓的春花铺陈缤纷的道路，向远处延伸。在这里，碧波荡漾，草青水秀，林泉丰茂，花果飘香。还有参天的大树，生机盎然，一扫阴霾，不由得让人心情愉悦起来。

在这美丽的家园，最炫目的风景无过于华阳湖烟波萦绕。春天里的华阳湖，空气温暖而清新。湖水如明镜般澄碧，鳞波闪闪，水流平缓，清澈透明。水色山光，自然生态，风光旖旎。绿波荡漾，花草摇曳，飞禽徘徊，漫步在华阳湖，分明感受到一份恬静惬意的美好时光，演绎着一幅人与自然的和谐画面。

在春风中一路游来，华阳湖的独特湿地风韵，自然纯净的湖滨风情，美丽生态公园的风景，点缀着处处春光，教人惊艳。而岸边绿道，一个小女孩儿的欢叫引起我的注意，边走边看，不觉绽放出笑容，心情便也如同这天气一般明朗了。

那是个两三岁的长得很秀气的小囡，穿着小短裙和 T 恤，脖子上围着条色彩鲜艳的围巾，蹒跚地迈着步子一径往前赶。她两臂张开，前倾身子，欢呼雀跃。啊，原来她是在追逐一个小男孩儿——一个活蹦乱跳的小家伙，也只四五岁的样子，手里捧着个硕大的气球。他一路跑一路回过头来逗小女孩儿，故意等女孩儿快要追上，伸手几乎碰到了气球，才又淘气地躲开，往前急跑几步，扭头嘻嘻地笑，惹得女孩儿急得要哭出来，不自觉加快脚步跟过去……

　　小女孩儿迈着小碎步，可爱的小脸上犹挂着泪花，迎着温暖的阳光奔向前方，努力地追抢那只造型独特的气球。但总是比小男孩儿慢了半拍，终于忍不住哭出声来。小男孩儿蹦蹦跳跳地跑在前面，扭身等着不动，直到她追上了，又故意跑开。这时，身后的一对年轻男女走过，脸上充盈着笑意，似嗔实喜地"斥责"男孩儿不要顽皮，把气球给妹妹玩，一面又慌忙叮嘱他们路上小心，别撞着了人，别摔倒了……显然，这是生活在美丽华阳湖边，幸福美好家园的一家四口，他们或许是来湖岸边亲水感受春天的气息，或许是要尽情地游览湖景体验休闲的雅趣，谁知

华阳湖的桥（莫锐煊　摄）

道呢？然而，那一份悠闲惬意的天伦之乐，却是值得羡慕的，居然感觉比阳光还要舒心温暖。

终于，小女孩儿追上了哥哥，哥哥则把气球塞进了她的怀里，然后牵着她的小手慢慢地走。小女孩儿笑逐颜开，紧紧地搂着气球，兴奋地玩耍着，不时将气球抛向空中。小男孩儿急忙抢下来，还给妹妹，他们喘着气，都"咯咯咯"地开怀大笑，沉浸在最简单的快乐中去了。他们年轻的父母跟在后面，也笑个不停，眼里满是温柔和怜爱，聚精会神地看着一双粉雕玉琢般的儿女，一颦一笑都牵动着他们的关怀；行至路口时，他们急急忙忙跑到孩子们的身边，一人牵起一个，小心翼翼地过马路，顿时马路上也洒下了他们的笑声……

蓦然感觉，眼角湿湿的，鼻子酸酸的，仿佛品尝到了幸福的味道。也许幸福就是这样子，说不清道不明，却又如许真实地存在着，而且就在你我的身边，在路上，或在一个转角就能发现。

2022 年，党的二十大即将隆重召开，在党的领导下，昔日的水乡摇身一变，成了如今的华阳湖国家湿地公园，创造出优越的水生态环境，焕发出新颜。而就在华阳湖边，我终于发现了幸福的奥秘。幸福，流淌在城市沧桑变换的历程里，珍藏在生态和人文的画面里，深埋在湖滨村民的幸福憧憬中，沉浸在快乐慢生活的休闲时光中，更时时出现在我们的身边，无处不在。

幸福其实就蕴藏在日常生活、平凡小事当中，根本无须用深奥的理论，晦涩的定义来概括来诠释。这正如《论语》中对弟子们志向，孔子最赞赏曾皙的描述，而那不过是"在明丽的春天，穿着新衣，和五六位青年，或六七位少年同伴，到郊外温泉沐浴，再在树荫下休息，然后唱着歌，信步地回来……"

而我所能体味到的幸福，有时也不过就是美丽的春天里，在静静流淌着的华阳湖边，在这美丽的水乡小镇，那融融泄泄的一家人，始终与欢笑、关怀、绿色、生态同行，与幸福同在！

节日里的华阳湖（谢湛溪　摄）

萧奕辅：用毕生写一首清廉史诗

余清平

萧奕辅字翼猷，东莞麻涌镇元沙坊人，生于明万历后期。萧奕辅自小受到他父亲萧道的熏陶，为人正直，刚正不阿，爱民如子，才智计谋出类拔萃。萧道体恤百姓，多次上书，极力陈述乡民劳役之苦，应予以减免。萧奕辅从小耳濡目染，同情百姓疾苦，深得父亲萧道爱民如子的风范。

萧奕辅出生的时候，正是明朝走向衰败的时期，他决定做忠孝两全之人。1621 年（天启元年），年轻的萧奕辅参加南监乡试，高中举人，第二年再接再厉，参加殿试，一举高中进士。这在当时，传为美谈。青年得志的萧奕辅，才气逼人，风流倜傥，得到不少朝中大臣的青睐，想留他在京当试馆官。萧奕辅想到父母年事已高，便委婉地推辞了。

留在京师，谋取一职，这是考中进士的士子们十分难求的发展机会，不少人到处钻营找关系都不可得。有人问萧奕辅为什么放弃这么好的机会。他正色说，他的父母亲老了，需要人照顾，他要回家尽做儿子的孝道，只有回到南方任职，一方面可以利于赡养双亲，一方面也能照样忠于朝廷为百姓办事。

萧奕辅的一番话传到朝廷里，感动了皇上，对他赞许有加。皇上喟叹，难得有这么忠孝至诚的人，遂御笔钦点，授萧奕辅为福建省长汀县令。萧奕辅深感皇恩，一路颠簸，回家拜辞父母亲，即刻赴任长汀县。

当时的长汀县可不是什么鱼米之乡，用穷乡僻壤来形容是恰如其分的，加上盗贼猖獗，流放人员居多，是一个十分棘手的县。

萧奕辅刚到长汀县，虽然是初为县令，但是，凭他的直觉，察觉到很多不寻常的地方。他翻阅前任遗留的卷宗，发现很多疑难问题案件，且堆积如山，心里十分忧虑。其实，这些遗留的疑难案件于萧奕辅而言，是可以不理会的。他想着为官一任造福一方。如果他不纠错，还清白于被冤枉被受害的一方，那他还算个什么百姓父母官。面对着这重重困难，萧奕辅思虑再三，没有后退，没有害怕，更没有畏缩不前。他决定暗中调查。便通过微服私访，了解民情，把长汀县发生的冤案错案假案做到彻底了解，并悄悄取证。在拿到证据后，他冥思苦想，再经过细致、认真、深入和谨慎的甄别，方才吩咐衙役，在大堂上挂上"公正廉明"的牌匾。

萧奕辅发布告示，让长汀县百姓有冤申冤，有怨讲怨，有苦诉苦，不要担心害怕，绝不放过一个犯罪的人，也绝不冤枉任何被冤枉的人。刚开始几天，人们有顾虑，没有人来县衙告状。萧奕辅得知是前任县令为所欲为，贪赃枉法，吃原告的贿赂又收被告的银两，谁给银子多，就判谁胜诉，只要有利益，一案多判，反反复复是常态，弄得怨声载道，都不再相信县衙的判决。萧奕辅决定开门审案，让百姓们看着他断案，更明令衙役，前来递诉状的人，不许收一分一毫。

消息传出，百姓们觉得新来的县令确实与前面县令的为人处世办案大不相同，开始有人来请萧奕辅断案。对待每一宗案件，萧奕辅秉公决断，以法理服人，做到不偏不倚，公平公正，很快，就处理了几百宗案件。萧奕辅知道，长汀县人口不多，该轻判的就轻判，实在不可饶恕的，才关押起来，让原告被告都心悦诚服，十分乐意接受判罚。百姓一传十十传百，萧奕辅断案公允尽人皆知，以前外迁的百姓听说后，又都迁回来。长汀县人口比以往多了很多，大家的日子越过越好。

萧奕辅体察民情，除了朝廷的俸禄，其余的任何钱物均不取分毫，并严令手下，不许攫取百姓财物，看到有困难的人，应尽力给予帮助。他的清廉，他为百姓办实事，感动了长汀县的老百姓。由于他一身正气两袖清风，做了多年的县令，囊中也没有几两银子的积蓄。那一年，他老母亲因病不幸去世，他的家里，竟然一贫如洗，找不到给他母亲办丧事的银子。就在他十分悲痛、一

魁楼（莫锐煊　摄）

筹莫展的时候，县里绅士林向阳知道了他的窘境，私下召集富户筹款。大家感动得流下眼泪，说："萧青天为了长汀县的安宁和稳定，竟然贫困到这个地步，我们富裕了，但不能让我们的县令贫困如斯，必须凑出银两，助他送母亲棺椁回乡，早日入土为安。"

有个绅士说："这不会被人说成是变相贿赂吧？也不知道县令大人怎么想，会不会收下？"

林向阳说："现在火烧眉毛了，他都无路可走，我们将银两送去再说。"

当林向阳把筹到的银子送给萧奕辅时，果然，萧奕辅不肯收下。他说："这不成了收受贿赂吗？与贪腐无异。"林向阳十分感动，坚持要赠予。最后，是萧奕辅坚持开了借条，以借款方式收下几十两银子。老百姓的善举，更加坚定了萧奕辅清廉清正为官的心。他十分感谢长汀县的父老乡亲们，激动地对家人说："做官，只要你心中装着百姓，百姓的心里也会装着你。"

萧奕辅的事迹传到朝廷，朝廷赞许有加，准许他辞官在家丁忧（守孝），三年期满后，再起用他为河南省叶县令。萧奕辅赴任途中，更是演绎出一个流传几百年的故事。

带着微薄盘缠的萧奕辅，与家人一起远赴河南叶县，一路上紧赶慢赶，那一天，就走到河南省内，进入大山之中。这里地势险峻，树木茂密，走到黄昏时分，偏偏错过了驿馆，眼看日已西斜，一家人只好加快步伐，想早点走出大山。就在一家人急着赶路的时候，大路前面密林之中冲出一群人，领头的高叫："识相的，留下钱财；不识相的，留下性命和钱财。"

"这遇上山贼了。"家人着急起来，赶紧围在萧奕辅周围。

"勿要惊慌，"萧奕辅向前走两步，问："敢问阁下，是强盗还是义贼？"

"是强盗如何？还是义贼又如何？还不是照样劫财。"盗贼哈哈大笑起来。

"是强盗，本官钱财没有，性命在这。如果是义贼，就听本官一言。"萧奕辅不卑不亢地说。

"哈哈，将死之人还这么多讲究。是个腐儒的官老爷，这油水肯定不少。我们是强盗！你待怎么？"盗贼喝道。

"罢了，萧奕辅一生清廉，终究能力有限，只能管理一方，愧对朝廷，"萧奕辅长叹一声，喝道："我无财无物，你们尽管冲本官来，我的家人，不许加害。"

"什么？你是东莞麻涌的萧青天？"

"笑话，哪还有假！"

盗贼们听了，即刻跪拜，喊道："您是萧青天大人，我们怎能加害您！我们缺的就是您这样的父母官！"

赴任路上，遇到盗贼这件事，着实触动萧奕辅的心弦，令他感慨良多。几天后，他与家人一起来到河南叶县，发现这里矿产资源丰富，富户富得流油，百姓却是又穷又苦。萧奕辅不动声色，私下暗访，原来这里的官府和奸商相互勾结，相互利用，相互包庇，相互遮掩。官府做富户的保护伞，富户私自开矿，压榨百姓，牟取暴利，把国家的资产变成他们私有的资产。历届的县令只要有人孝敬银子，便睁一只眼闭一只眼。

萧奕辅暗暗发誓，决不允许这些人继续盘剥矿工，也不允许地方的资源被恣意破坏。萧奕辅思虑着怎样才能找到突破口。最后，他决定以不变应万变，坐在钓鱼台上，放下鱼饵，等鱼上钩。

矿主们也在思虑，怎样把这个新来的县令拉下马。他们听说过萧奕辅人格品德和政绩，深得民心，最后一合计，还是决定行贿，前几任县令谁不是这样的，刚来时拿拿样子，可是，只要银子送到，就万事大吉。富户们照样开矿，县令照旧拿红利。矿主们一致认为这是一条行之有效、屡试不爽的捷径，安全有保证。俗语说"有钱使得鬼推磨"，谁不爱白花花的银子？矿主们并一致得出结论，认为萧奕辅在长汀县不贪不腐，是因为长汀县穷，无财可贪，他才选择提升名誉，他不是连母亲的丧葬费也没有吗，应该会开窍了。

这些无良矿主拿出一万两银子，推举一个姓朱的为头，将银子私下送给萧奕辅。朱矿主带着银子，坐着马车来拜会萧奕辅。萧奕辅明白他们是坐不住了，遂不动声色，将朱矿主让进屋里，两人落座喝茶寒暄。朱矿主通过观察，认为萧奕辅与前几任县令没什么区别，闲聊一会后，便奉上一万两银子。朱矿主并表示，只要大人网开一面，不予干涉，能睁一只眼就睁一只眼，能闭一只眼就闭一只眼，他们赚了银子，也会隔三岔五、逢年过节也奉上孝敬银两，皆大欢喜。

萧奕辅见鱼已经上钩，该收钓鱼线了。萧奕辅决定枪打出头鸟。他顿时变了脸色，大发雷霆，严词申斥，抓他一个现行来开刀。萧奕辅亲自将朱矿主开发的银矿，查个清清楚楚，罚款封矿，接着发布令谕，彻查一家家矿。查实一家封一家，查实两家封两家，进行整顿，绝不徇私枉法。在证据确凿的事实面前，矿主们只得认栽，接受处罚。后来，为了整顿市场，严格管理矿场开采程序，萧奕辅遍请地方有名望的乡绅一起合议，推荐几个监督的人，一下子刹住胡乱开采之风，得到叶县人上下交口称赞。

萧奕辅廉风清爽，以身作则，用不长时间，就将一个混乱不堪的叶县治理成百姓安居乐业、盛世之县。朝廷知道后，嘉奖萧奕辅，将他擢拔为广西道御史、巡按浙江省会，后来，更拜为晋升为太仆寺少卿，晋金都御史，直至出任福建省巡抚。萧奕辅虽为一方大吏，但一直坚持廉政，为民造福，不收贿不受贿，为人慈善，待人厚道，乐于助人，被世人称为"萧霖"（及时雨）。

麻涌凉棚

李志鹏

　　河涌纵横交错，水网密布，河涌面积分布非常广泛，这就是水乡"麻涌"名称的由来。河涌就是绿道，绿道就是河涌，这是现代麻涌的特点。绿道上的古榕树、古庙、凉棚、祠堂和小码头是绿链上的珍珠，最耀眼的当属凉棚。

　　凉棚是岭南水乡麻涌镇的一种独特民居形式。在过去，一般到了炎热的夏天，从傍晚时分开始，就会有很多人陆续到凉棚乘凉，也有很多怕热的、家里人口多、房子又不够住的男子，晚上就以凉棚当睡床。为了方便，他们白天将被铺卷起来夹在棚架上，晚上睡觉时再拿下来使用。有些人更是常年住在凉棚里，包括冬天也是如此。这种情况一直到20世纪80年代，麻涌经济发达了，这种睡凉棚的现象才消失了。

　　可以说，凉棚是许多老一辈麻涌人记忆中密不可分的部分。麻涌的凉棚分布最广、数量最多，也最具代表性。凉棚一般傍水而建，伸出水面，四面开放。内设床榻可供坐卧、纳凉、开会、聊天、讲古、唱粤曲、打牌、睡觉……是当地村民最喜欢聚集的公共场所。

水乡老式凉棚（莫锐煊 摄）

进入东太村，最先入目的是长亭胜景凉棚。由于乡村振兴，政府投入很多资金全新装修。很多凉棚，直接又叫凉亭，增加公共属性，但也缺乏部分个性。庆幸的是新的凉棚基本保留凉棚的特点，可还原凉棚的基本属性。

长亭胜景凉棚，两边刻有"微波叠影看凉亭，烟雨葱茏环堤岸"的楹联。对面的西门凉棚有两层，并排的还有一座。三座凉棚，像三兄弟在相互守望，河涌在这里静静拐了一个小弯，周围古榕树参天。乡村们有的在运动，有的在聊天，有的在下棋，温暖的乡村印象在夏日里清晰呈现。

沿着河涌，东太村还有最大的东浦北坊凉棚，面积达170平方米，修饰完毕后将以全新的形象出现。东太村传说最老的凉棚，有约一百二十年历史。麻涌镇文化名家工作室领衔人王卫东介绍说："当年主码头对东太经济、社会、生活发展起了很大的作用。现在还保留有码头、凉棚、古树等，这么好的环境，有这么深的历史，需要保护利用起来，在乡村振兴、旅游中发挥作用。"

东莞麻涌镇是岭南著名的水乡。宋时立村，1986年建镇，现在已是中国的鱼米、曲艺之乡，是"中国美丽乡村示范镇"，是著名作家陈残云小说《香飘四季》原创地。麻涌每一个乡、村，都各具特色。

漳澎村是麻涌最大、人口最多的村。古梅乡是麻涌历史最悠久的乡。现在这一带，一河两岸，榕树成荫，特别是一座座别具特色的凉棚，尽显麻涌水乡风格，风景亮丽。

古梅乡麻一村，是中国建筑设计大师、中国工程院院士莫伯治的故乡。近代著名藏书家，五十万卷藏书楼主莫伯骥在这里。跟随党中央上延安的革命军人、正师级干部莫富图（丁农）是麻一村人。古梅乡的老人说，麻涌的凉棚是风水棚。站在凉棚下，能想起历史，看得见未来，有一种"修身，齐家，治天下"的情怀。

继续走进香飘四季乡村游的路线。大步村的荷塘亭影凉棚，周围风景美丽。夏天，周围开满荷花，夜晚的凉棚充满荷花的香气，乡村们在凉棚里唱粤曲，一派岭南水乡的味道。

新基村祠堂码头一带，凉棚比较集中。沿着河涌一座座个性十足的凉棚，鳞次栉比。你好像走进岭南凉棚博物馆，感受到麻涌强烈的水乡文化。

新基村的基头凉棚，听说还有一个美丽的故事。

那年中秋前的一个深夜，村委李主任喝了酒半醉半醒地睡不着，他无聊地走出房屋，想去基头的凉棚吹吹风。月色朦胧，李主任路过香蕉林时，无意中看见一男一女站在香蕉树下亲昵。李主任也曾年轻过，他没有去打扰这对年轻人，悄悄地绕道而行。等李主任走到基头凉棚，里面横七竖八躺满了人，只有村民丁来福没睡着，迎上来给他敬烟点火，格外殷勤。李主任打量了一下来福，联想起蕉林的事，心照不宣地冲他笑了笑。丁来福的脸一下子就红了。

半年后，李主任收到丁来福和阿娇的结婚请柬，特邀他做媒（红）人，丁来福和阿娇后来出生的儿子叫丁河生。丁河生后来做了村主任，丁

崭新的凉亭（谢湛溪 摄）

来福和阿娇一直叮嘱河生要保护好新基村的所有凉棚。特别是基头凉棚，要修饰好，八月十五前要去烧一炷香，河生好像也听懂了，经常到基头凉棚去散步，好像要在那里发现什么秘密一样。

麻涌的凉棚，是麻涌水乡的特色建筑。麻涌传统凉棚多采用水松木、杉木、竹子，甘蔗壳、茅草作为建材。随着时代的发展，竹木茅寮凉棚逐步被砖瓦结构、水泥结构代替。但凉棚依水而建、四处透风、大床当中的格局依然不变，凉棚如果以床的位置分类，大概有三种情况："凹"字形，"回"字形，"一"字形和"二字形"。

凉棚不断更新换代，像子孙一样繁衍，生生不息。但凉棚不变的是文化，麻涌传承的凉棚文化，依然一脉相承。

站在麻涌的凉棚上，风从华阳湖、香蕉林、河涌的方向吹来。老妇人在祠堂中间点燃着香，用麻涌的口音"咕咕"讲着什么，青石板的小巷上，仿佛看得见，这里奔跑的童年，起风的少年，亲人，故乡……

经历过的爱，遇见麻涌凉棚，人间还未老。

担杆（扁担）挑出新楼房

陈照全

我们麻涌人把扁担叫作"担杆"，挑东西之工具也，是农民劳动和日常生活中常用的工具。乍看之下，担杆和楼房风马牛不相及，它们之间有什么故事？且听我一一道来。

近年，村中农房常有翻新，也新建了很多楼房，有五六层那么高，款式新颖、瓷片贴墙、风格现代，是踏入小康家庭的人家建起来的。他们是怎么富起来的呢？是通过劳动或经营各种生意、从事各种项目投资获利了，其中一部分是靠卖香蕉而得来的。他们用一根根担杆，挑着一担担香蕉去卖，因此积蓄了资金，建起了新房，所以也称为"香蕉楼房"或"担杆楼房"。

早些年，曾有广州的报纸报道过："广州天字码头的客轮靠岸，一群挑着一担香蕉的农民排起长长的队伍，一个接着一个上岸，成了一条长龙，都挑着一担香蕉，蔚为壮观。"这些挑着香蕉去广州卖的人，绝大多数都是麻涌的。通过卖香蕉，能让农村的剩余劳动力创造出更多的收入。

客轮从增城、新塘出发开往广州大沙头码头，中途停靠华阳砖厂，人

村民把装着香蕉的两个箩筐放在"四轮蕉车"代替担杆运送香蕉（谢雪丽 摄）

们挑着香蕉从砖厂站上船去广州。这担香蕉寄托着一家人的希望：换成钞票，维持和改善生活。但是，这个中的艰辛只有本人才知道：一担香蕉少说也有八、九十斤，多的重达一百多斤。为了多卖些钱，他们会把香蕉垒得很高，比箩筐口还要高一尺左右，力气少一点儿的人也挑不动。他们一般早上三四点就起床，做好早饭带到客轮上吃，天未亮就出发，一直到天黑了，甚至有的在深夜十一二点才回到家。这些卖蕉人中大多数是中老年妇女，以前，她们去一趟广州，因为不认识路，还需要家人陪着才敢去，如今为了谋生，去得多了，一个人即便是在三更半夜也敢从广州回来，练就了一身胆量。为了节省费用，她们也会带盒饭去广州，把中国妇女的勤劳俭朴的传统美德表现得淋漓尽致。个别男蕉农却不管这么多，会带上些酒菜在船上悠哉游哉地一边坐船，一边喝酒，一直到轮船靠岸；有的则是在船上睡觉，养精蓄锐，准备一天的奔波。到了岸上，他们就会沿途叫卖，招揽生意。一天下来，用自己的辛勤付出来换取报酬。后来，该航线客轮停航，蕉农们只好改乘大货车进城，往往每天都需要十多辆大货车，这便催生了另一个行业：汽车运输业。到后来进城货车停运，蕉农们又改乘公交车了。

卖香蕉还要另一个人配合，要有人在家里收购香蕉、熏香蕉。夏天还要把香蕉放进空调房里慢慢"催熟"，这样的香蕉皮色才金黄、才好卖。若家里没有空调的话就得请别人代办了，但是要付一定费用给人家，这又衍生了另一个行业——专门代人加工"冷气"香蕉。他们充分发挥生意头脑，有的把处理好的香蕉批发给水果店，以求薄利多销；也有的请人代卖，只要付对方工资或者分成就可以了。一天下来，蕉农的收入少则几十，多则几百，十分可观。

人的创造力是无限的！为了省时省力，蕉农会自制"四轮蕉车"代替担杆：用一个铁架子装上四个轮子，再铺上一块大木板固定好，把装着香蕉的两个箩筐放在上面。这样，只要牵着铁架子上的绳子就可以搬运香蕉了，彻底减轻了肩上的重担，舒服得多了。也有的蕉农为了减轻重量，用几块木板直接钉成架子，装上四轮。上了年纪的人通过"四轮蕉车"，也可以轻松搬动一百多斤的香蕉或其他重物。

通过卖香蕉，日积月累，蕉农们有了可观的积蓄，盖起了楼房。正所谓"三百六十行，行行出状元"，因此大家给蕉农们起了一个绰号："香蕉状元"。

时代在进步，担杆基本退出了历史舞台，但担杆的故事会一直延续下去。一根担杆，挑出了新房，挑出了幸福，更挑出了一片光明的未来。

农民用扁担挑香蕉（莫锐煊　摄）

华阳村故事四则

赖灿煊

一、华阳村的诞生记

要揭开古老华表村（现今的华阳村）来历的神秘面纱，要追溯到 17 世纪 60 年代。华阳村地处珠江口东岸的东江北干流最下游，不知经过多少个春秋，东江上游急湍的江水把泥沙冲积成一片片、一丘丘的沙质黏土平原，且地势不断增高，形成了一片绿洲。最初是由新塘镇的湛、冯、翟三个姓氏的村民来到此地定居，搭建茅寮，开垦谋生，继有朱、康二姓及蒋氏家族亦落籍于此，后继有张、萧、陈、何、黄等氏族也择居于此。多姓簇聚居于此，子孙繁衍，建屋成村，先民们对居住位置的风水也是有讲究的，选在南北走向呈长方形的、地势最高的沙丘绿洲的中央落籍生息。村前有个弧形氹，氹口向东，寓意着紫气东来的好运，再前便是茫茫的东面海，村前小河不但有条沙丘绿洲作前卫，村后且还有两块各隔一条小河的长长沙丘黏土绿洲阻挡了西北风及海潮的侵蚀，形成了村址前后的天然屏障。每当潮水上涨时，四周"碧波涟涟衬丸翠，每当退潮时，村前便是一片茫茫滩"，水乡泽国，分外妖娆，约在清乾隆三十三年（1768），先民们聚义把落籍生根的地盘取名为"华表村"。

华表村，是由旧村与新村的两部分组合而成的，但扑朔迷离的诸称，后人一直未得到明确的解释。2008 年 4 月，村民再次对现存的文物资料重新考证，反复地推敲，揭开华表村"旧村"与"新村"前身之称。

历史记载，华表村初由湛、翟、冯三姓先落居，传说还有朱、康二姓，后有蒋氏等迁入，多簇聚居逐渐形成了村巢。华表村人杰地灵，引得村外人垂涎三尺，相继又有萧、张、陈、黄、何等多簇落居华表村以北沙丘高地，因后来聚居者，则形成了"新村"，新村的居民也习惯称最先来定居区域为"旧村"（即现在的南坊）。所以华阳村至今的村民还依然区分"旧村"和"新村"的称呼。

但根据赖洪禧撰文石碑为证，"旧村"初期早已有东华约之称，"新村"也有北华约之称。在清朝嘉庆十五年（1811），在建玄帝庙立碑有云，其一文曰："我今北华—约海内边疆固被……"由此可见，华表村已明确有"北华约"之称。

至于"旧村"可引证华表村莞邑有名的诗人赖洪禧在清朝道光十六年北华坊甃路碑记所云："是坊南接东华，北通庙道……"也明确当时旧村有"东华坊"的称呼。

在 2008 年，村中的一位长者在旧村北帝庙荒弃的草丛泥土里，发现有一老石碑，上面碑文刻有"东华溥惠我无私"，也跟旧村前身已有"东华坊"之称的故事相吻合。

乾隆四十九年（1784），华表村的旧村与新村已形成了不同的称谓，新村曾称"中和社"（包括有四条巷）。清仁宗嘉庆四年（1799），华表村分成三个约（坊），旧村称"南约"、新村分"中约"和"北约"。当时，华表村旧村的蒋氏家族最有权威，其族人最早是从南雄珠玑群迁到广东沿海虎门一带，其中有一蒋氏族落籍到水秀地灵的华表村，常与虎门镇太平蒋氏族人有关系往来。据说当时太平镇南栅人蒋理祥已是清翰林大学士，皆闻其中一族落籍华表村，疑水属阴也，有碍其中之阳，在清宣宗道光元年（1821），择吉辰携族人来到华表村，为村改名为"华阳村"，并一直沿用至今。

二、古榕树下的故事

华阳村有两棵古老的大榕树，位于今华阳村北坊玄帝庙门前埗头旁边上。据历代老人口口相传，此树是在清乾隆癸丑年（1793），北华约先民在初建土庙时种下的，迄今已有二百二十多年的历史。2002 年，被东莞市相关部门初定为属古名树对象，2018 年 8 月，正式被东莞市人民政府列入为三级国家古树保护对象，并发牌匾立于树头，以示殊荣。

两棵古树相距三丈余，高有六丈余，树身粗大，最大一棵树围有二丈余，墨绿的叶子重叠蔽荫面积近二亩。榕树在漫长的岁月中，饱受风雨的自然摧残，现稍显老态龙钟之状。树躯及分枝呈现部分枯朽。但是，在河水的润养下，树大根深，根藤紧绕，显现出无穷的生命力。此古树仍生势磅礴，叶子终年常绿，像展翅的雄鹰一样，俯瞰着华阳大地，伴随着二百二十多年来的华阳村的沧海桑田。

古时的榕树南距北华坊天主教堂有二十余丈，西紧邻文武庙和玄帝庙，北面是东江的一片茫茫滩涂，东连村前小河，再前是茫茫的东面海。旧时，榕树还是小树时，树下的环境比较清幽，善男信女到庙宇上香拜神必从榕树下走过，平时来这里休息乘凉村民不多，人迹稀少，但榕树下的小河边，却有一番独特的水上风情，那弯弯的小河边常年停泊许多疍家艇，白天他们出海捕鱼卖鱼，傍晚归来后，船只都停泊在河边，河上便呈现一派渔火点点、炊烟袅袅的景象。平时，树下便成了渔民们晒网，织补渔网的好地方。后来，大多数水上人家陆续上岸定居，开荒耕作，余下的疍家艇也离开华阳村到外地谋生了，直至解放初期，榕树下还曾停泊有两只疍家艇在此呢，但是随着社会的发展，疍家在华阳村生活的踪影已不复存在了。

新中国成立后，榕树下这个古幽的便成了北坊各生产队的社员集体出勤劳动的集合点。最大一次规模聚集要数 1975 年 5 月的一天，当时因反修生产队与增城县新塘公社东洲村发生土地界纠纷，对方并打伤我村社员事件。由村党支部组织全村男青壮年数百人聚集榕树下，召开总动员会议，随即浩浩荡荡地前往被对方填占土地改造鱼塘的地点，进行拉网捕鱼行动，以示反抗。

古榕树也是华阳村的骄傲，它是村里的肺腑。华阳村委会历年都十分重视古榕树周边环境的打造和管理。1952 年，在榕树旁边建造了村内首座木桥，方便村民能行过往之用；1957 年，把树下的泥地铺设成灰沙地面，方便保护地表；1964 年，拆除榕树旁因年久失修而成了危险老建筑的文武庙，改为兴建村内首座大型碾米厂，房屋上方镶刻着"东莞县麻涌公社华阳粮食加工厂"多个浑圆有力的大字。从那时候起，村民外出干活、穿街过桥，都从大榕树下穿梭而过，榕树旁边的埗头时常停泊着本村的农艇，以及为了碾米加工远道而来的外村小艇，还有到庙宇上香拜神的村民，人来船往的，渐渐热闹起来了，形成一派热闹兴旺的景象，这里也成了北华坊的心脏地带。

19 世纪 90 年代，北坊坊委会筹集资金，对古树周边的环境进行了改造，对在河边裸露了半个世纪之久的半边树头进行保护：地面铺上混凝土，两棵树头用红砖筑起了水泥墩，可供村民休息闲坐、聊天；距离古树 6 米的河岸修筑了长达 33 米的石堤，并填上沙土巩固河堤，增设了地下排污管，石堤上装有铁管，用来拦河之用；焊制铁管作架，承托起伸向河涌的最大、最易倒塌的大树分枝；同时，经过科学选择，把从古树身上下垂的五条须根巧妙地引植到地上，并用竹制篱笆把树须围合起来，保护其茁壮成长。现在，那五条榕树须根直径分别有 40-60 厘米，亭亭玉立，不仅能为古树提供支撑力量，还能为古榕增添新姿，真佩服当时村民的聪明才智，同时，也深深地体验了村民们对这些古老大树的爱惜之情，对这个古老村庄的无限珍爱之情。

2016 年，在麻涌镇委政府的支持下，华阳村委会对村容村貌进行了全面改造和提升，打造美丽的水岸风情乡村，地面铺设花岗岩石块，全村老树树墩用陶瓷饰之，石堤的铁栏杆改造成花岗岩石板，装上街灯，并在古榕树下安装了多套健身体育设施。现在的古榕树，有专人负责不定期维护、进行除虫害等工作，村内地面每天两次打扫卫生。古树下，花岗石地面宽阔干净，拦河护堤花香扑鼻、沁人心脾，吸引了孩童嬉戏追逐，老人闲聊家常，岸边悠然垂钓……每天，石凳上座无虚席，有人高谈阔论，亦有人窃窃私语，时有村妇舞动养生，更有悠练太极者挥划天地，在古树福荫下，尽显和谐幸福之景。

古榕树下还有两个几乎被后人遗忘的典故，至今还能有迹可循。一则是在清朝道光十六年间（1836）居住莞城道家山凤台社的莞邑有名诗人赖洪禧（华表村人），时年六十六，悉知乡里筑路修庙办典庆，在农历十二月携弟子回乡观赏助庆。筑路修庙理事者搬凳摆台在榕树下奉上香茶与果品，热情款待阔别家乡多时的莞城秀才赖洪禧一行。洪禧与众乡亲侃侃而谈，聆听家乡的细说，甚为喜悦，又见这两棵榕树粗壮高大，盎然墨绿，说是华表村的福荫，叮嘱众人要珍之、爱之。随后，他叫弟子从布袋里取出纸张笔墨放在台上，欣然命笔写下《北华坊甃路碑记》，现这块约 0.69 平方米大小的黑色石碑文仍嵌在玄帝庙北内墙里。二则是在民国二十六年（1937），在榕树下有个神奇的传说。话说当时华阳地痞流氓与麻涌土匪因地盘利益冲突，经常互相指责、吵闹，后引兵匪掺入，导致了历史上华阳村与麻涌村发生械斗事件。麻涌村仗着人多枪多，华阳地痞仗着凶煞气垫，双方相持不下，于是麻涌兵匪架炮轰打华阳村。时有众村民在榕树下议论事态，商讨对策，忽有一个穿破袍的长者走向岸边，目视正南，抬起大脚。瞬间，兵匪炮打过来的炮弹斜飞入东江，炮响过后，这个穿破袍的长者却不见踪影了。众人疑是玄帝庙康公帅府的化身，破解了华阳村的这一场灾难。当时，在麻涌兵匪中曾流行一句口头禅："不怕你华阳人，只怕你华阳神"。

三、华阳村三景

古时华阳村有三景：旧村南有白鹤巢、新村北有原始"小森林"、水上北有"电筒氹"（又称"黄鳝筒"）。

白鹤巢

白鹤巢位于华阳村旧村对面观音沙腹地中。据说在立村之前，这里已是灌木丛生，种有大榕树、桂摸等树木约九亩之多，天然的生态环境造就了鸟儿的栖身之地，这里最活跃的动物是一种腿长嘴尖、羽毛全白的名为白鹤的鸟，而羽毛灰色地叫作野鹤。每天清晨至黄昏，都有成群的白鹤飞翔起落，恰似祥云伴华表。这里不但成了白鹤王国，后来更成了旧村人的风水宝地，旧村村民身故后大多数都在这里入土为安。每遇台风过后，这里遍地都是被狂风刮下来的白鹤雏鸟，引来村民捡回家中食用。这里一直是白鹤群的栖息地。大约从1954年开始，华阳村的后人为了生计，不断在白鹤墩周围开荒扩种，减少了白鹤墩的面积，至1949年止，白鹤墩还拥有树林面积约6亩。但是，从60年代开始，村民滥伐了百年大树作家用柴烧，破坏了白鹤墩的生态，从此，再也看不到翩翩起舞的白鹤群了，只留下了约 2 亩大小的稠密的灌木林，还有杂树荆棘丛生的乱葬岗旧址。

原始"小森林"

原始"小森林"，又名叫私合洛墩。它坐落于华阳村"新村"东北角的绿洲高地上，初时，只有数量不多的野生灌木小丛林，后来，经过后天环境的改变，绿洲摄入大量的海潮沙土演变成高地。古时，这里遍地荆棘，灌木丛生，面积约有十亩，经过岁月的流逝，小树林长成了百年的大树，还有荔枝树、柚树、桂木（狗榔）树等野生果树。此地树高林密，阴风凛冽，远离村庄，急风嚎叫，闻者心寒，吓得村民都不敢越雷池半步。此树林不但有白鹤、野鹤栖息，树下还有野猪、野猫、花基狸等动物出没，新中国成立前，还听说有不少村民曾看到过一条有一丈长的大南蛇（即蟒蛇）在林中出没。此树林过去一直被华阳村人视为原始森林，也被风水师傅说成是风水之地，导致不少村民将故人埋葬于此，希望乘借风水，庇荫后人。逐渐，这里被村民称之为私合洛墩。

后来华阳村人口逐渐增多，人多地少，为了生计，便开发了私合洛墩周边面积达 5 亩的土地作为农业耕地。到 1949 年，私合洛墩还存有原始林地 3 亩多。从 60 年代起至 80 年代末，有个别村民经常进入林地砍伐野生林木作柴变卖，特别在改革开放中期，越来越多的村民深入林中开垦荒地，扩大种香蕉，原始密林已完全失去了昔日的原始风光，变成了如今的一片翠绿盎然的生态蕉林。

"电筒氹"

"电筒氹"位于东江下游南岸华阳村第二涌口的沙丘黏土滩上,前身乃称"黄鳝筒"。它的形似一条黄鳝,壕身长约 40 长,宽约 2 丈,氹头形似鳝头,面积足有一亩多,氹头(鳝头)朝东南方向,尾巴朝西北方向,形状简直是鬼差神匠般削得惟妙惟肖。追溯它的前身有段迷离的故事,话说古时南海龙王派鱼、蟹、鳝精到狮子洋巡弋,他们巡到东江口附近时,其中黄鳝精跃出水面,想表现一下自身法力有多大,故作起法来,无风起三尺浪,江涛汹涌,险些殃及附近捕鱼的渔民生命。意外触怒了龙王,即派龟丞相领兵前往擒拿黄鳝精问罪,黄鳝精皆闻惊窜入东江,天庭雷震子见状即助战,轰雷击之,可怜黄鳝精即变原形瘫痪在滩地上,眼泪如涌、口吐海水,硬把华阳村的土地冲成一条长长的细河(即现今的第二涌)。鳝尾入四十丈的壕身是划艇开船的必经入口,再经氹头方可驶入村内河涌,极为不便。华阳村后人重新开辟了一个由东北方入口的涌口,以便船艇驶之。自此以后,氹口水深急流,终年旋涡打转,咄咄作响,四十丈长的壕身成了渔农们的聚宝盆。奇怪的是,古时凡说起在黄鳝筒捕鱼虾,总是"颗粒无收"的,而说在电筒氹捕鱼虾就有收获,电筒氹在民间中炙口皆闻之。后来"黄鳝筒"这个称呼在民间慢慢消失了,在 70 年代,电筒氹这个地方也被修筑成一个小围堤了,昔日的模样已不复存在了。

四、华阳村香蕉经济发展的故事

过去的华阳村素有"鱼米之乡"之称。农业生产是村民的主要经济来源，当时主要的农作物有三种：香蕉、水稻和甘蔗。

新中国成立初期，华阳村种植香蕉的面积有两千多亩，水稻面积也有两千多亩，主要的经济收入还是来自香蕉种植和销售。1952年初，当时麻涌镇国营香蕉出口站就设在华阳村东边海（即村前崩垒口南侧的水田前沿），是用竹子、木材、茅草等材料搭建起的规模较大的格棚，作为香蕉收购、出口的其中一个分站，统一收购华阳村及周边四乡（鸥涌、蒲基、黎滘、川槎）的香蕉，出口到苏联等其他国家，换取化肥及其他农资。当时，这个香蕉收购站被人们称为"苏联蕉棚"。华阳村种植香蕉的土壤肥沃，再加上世代农民定期挖河泥增肥，蕉株粗壮，果实香滑，口感极佳。1952至1955年期间，"苏联蕉棚"收购香蕉价格比较高，再加上劈蕉梗是以白梗1尺为准，无疑为蕉果过秤时增加了重量。所以，在那一段时间，农民生活水平得到大大提高，钱袋子逐渐鼓起来了，华阳村那些整齐的传统硬顶留天井式的木樑瓦青砖屋，也就是那几年间兴建起来的。

20世纪70年代初期，麻涌的香蕉收购站收购蕉果的价格一般是8元左右/100斤香蕉，由于价格较低，种植香蕉挣不到钱，于是许多农户都把从自家的香蕉薰熟，成为即买即食的水果香蕉，在每天的凌晨时分，划着装满了薰熟蕉果的小艇前往附近南岗区，然后乘搭班车转往广州等地贩卖，是当时华阳村民的主要经济收入。

香蕉是华阳村农业经济发展的拳头产品，果品质量好，久负盛名，主要原因是选取了良种种植和田间科学管理。这也跟华阳村的地理位置和特点有关，华阳村位于东江岸边，三面环河，村民因地制宜，充分利用天然的资源，使用土制农具，将河泥厣上田地里，化作基肥，令香蕉种植的质量和产量都得到保证。1959 年，华阳村被广东省评为香蕉高产先进单位。20 世纪 80 年代，华阳村村民结合日常使用习惯，不断摸索，设计制作了全自动泵泥船，成为麻涌少有的先进农业器械，取代了百年来纯人工的劳动操作，使香蕉种植方式方法得到了大大改善，香蕉生产水平和成效也更上一层楼了。1988 年至 1995 年期间，村委会为了激励农民耕作的积极性，定期开展香蕉单株产量竞赛，获奖者就能得到化肥作为奖励，如 1991 年中坊村民萧淦根种植单株香蕉重量高达 136 斤，成了远近闻名的"蕉王"。

改革开放之初，香蕉生产增收厚利，个别村民自发集资，合股搭棚办起三个香蕉收购站，还注册了几间农产品销售贸易公司（时称"皮包公司"），把收购的香蕉集中运送至全国各省份出售，时称为"北上"，那时候，村内的个体收购香蕉的机船像雨后春笋般的涌现在华阳村的河岸边，一度成为繁忙的香蕉交易市场。

1984 年，广州轮渡开通了广州至新塘轮班，经相关部门沟通，在华阳村砖厂东江边搭建了一座铁桥码头。从那时候开始，每天天还没亮，江边码头便停满密密麻麻的载满香蕉的小木艇，岸上的铁桥通道也挤满准备搭船过河的蕉农，他们用装着香蕉的竹箩来排队，一条百米长的"蕉龙"。这个渡轮名曰是客船，实际上是人货船，蕉箩占了整整一层甲板。从华阳码头出发，到了上午 9 点钟左右，渡轮船到达广州北京路天字码头，船停泊后大闸一开，长长的担蕉队伍浩浩荡荡经过沿江路，足要好几分钟才能看到"龙尾"。1990 年某月，《羊城晚报》拍摄记者就把这个壮观场面拍摄下来，并刊登在《羊城晚报》上，题为《扁担大军进城》。由此可见，当年华阳及其他村进省城卖香蕉为生的人数之多。

随着麻华公路通车，卖蕉人群更上一层楼，有胆色的村民，自购车辆，办起载蕉到广州的行业，那时全村拥有 20 多台个体货车。凌晨四点钟，村公路上就熙熙攘攘，车辆人货满载，华阳村真正形成了一个海陆并举的庞大卖蕉大军局面，充分缓解了多余劳动力，又增加了村民们的收入，不少村民盖起了新房子。

十几年前，华阳村交通条件十分差，没有一条完整像样的大路连接外界，村民出行大多选择坐小艇渡河出行。很多年前，还听外村人笑说有"有女不要嫁华阳"的说法，因为路不通，走亲戚也成了一件难事。2013 年，麻涌镇提出的建立华阳湖，还有"九园六纵四横"的宏伟蓝图，紧靠华阳湖的华阳村，就有着"近水楼台先得月"的优势了。随着华阳湖的落成，华阳湖湿地公园成了麻涌镇一张绚丽的旅游名片，特别是取得国家级的殊称，乡村游人气猛增，麻涌的经济得到了前所未有的发展，也为华阳村民带来了无限的商机。2016 年 10 月份，村委会抓住机遇，在华阳湖景区北段地建立农产品自销区，自销区共设 50 个摊位，每个摊位 7 平方米，以当地村民报名，抽签决定摊位定期使用权的办法。同时，村委会采取免收摊位租金、电费的措施，村民租用摊可以享受每月只需交 50 元卫生管理费的优惠政策，旨在扶持村民创业就业，让村民在自家村里就可以销售香蕉赚钱，不需要像以前那样辛苦了。听村中以卖蕉为生的村民说，以前，半夜3点多就要集中在村里指定地方乘搭"蕉车"出外卖蕉，运气好的话，当天能赚到可观的利润，要是遇上城管"扫街"的话，香蕉被没收，便会"血本无归"，剩下能拿回就只一杆秤杆和一个秤砣了。如今，靠贩卖香蕉为生的村民越来越少了，但是还有少数的村民，如今还骑着装有香蕉和其他小货物的三轮车，穿梭在华阳湖里流动叫卖。

过去的华阳村，卖香蕉的收益几乎是每个家庭的主要经济来源，靠它养育子女、盖房买车，过上了好生活，可以说香蕉养育了几代人的成长，香蕉的故事成为人们心中不可割舍的回忆。

华阳湖上的诗人

莫　寒

"归云浓染山气苍，炊烟拥树静不飔。四围天影淡欲暝，诗心一缕飘斜阳。城内何所见？屋瓦万叠鱼鳞张。凤凰台高风猎猎，山灵赑屃，时把古塔捧出天中央。城外何所见？松篁一带连村庄。黄岭仙霞幂天紫，恍疑天女下谪，曳出云锦裳。薄雾回光照山郭，冻岚含翠侵女墙。仰天指顾，顿觉万象集我旁，荒郊人影皆秋光。会须高踞四百三十二峰上，罗浮绝顶看苍茫。微尘大地幻人世，云烟过眼随沧桑。大观到此拓胸抱，形骸放浪殊堪狂。城头鸦啼始归去，天风浩浩吹衣凉。" 上面这首诗出自清代东莞诗人罗嗣昌的《城楼晚眺》。显然，文中的城楼指的就是今天的西城楼。

转眼之间，来到莞城已有数年，在这片静谧的土地上，我能清晰地感受到来自时光深处的气息，这种气息就像是尘封已久的一坛老酒散发出的一道光芒。对于熟知东莞历史的人来说，西城楼恐怕是一个无法回避的人文坐标。只要提到西城楼，就会自然而然想到与西城楼有关的几位诗人，而赖洪禧这位赫赫有名的麻涌诗人与西城楼有着千丝万缕的联系。

民国时的《东莞县志》对赖洪禧有这样的陈述：赖洪禧，字畴叶，号介生，华表（今华阳）人，邑增生，性高逸，博学工诗，兼精草隶。家贫，授徒里中，以古学相切劘，从游者岁辙百数十人。晚隐罗浮酥醪观，七旬外，犹能登上界三峰绝顶。四川李侍郎（惺）游粤，睹其诗，爱之，造访焉，拒不见，固请，乃出，相与唱和，留山中度岁。将别，为题其生圹曰，诗翁赖介生墓，殁年八十三。

赖洪禧的一生，尽是书香气息。他与莞城诗人罗嗣昌的家境颇为相似，虽然同为贫寒子弟，但这两位东莞人都为自己的家乡种下了不可磨灭的生命记忆。在那个交通并不发达的年代，麻涌与莞城的距离实际上等于一条江的距离。可以想象得到，诗人们乘船畅游东江吟咏人生的画面，该是多么的悠然自得。尽管时间的灰尘早已爬满西城楼的台阶，但诗行的脚印仍然清晰可见。

赖洪禧的出现，让麻涌这片水乡一下子名声大噪。根据史料记载，当时有不少诗人拜赖洪禧为师。为了传授诗艺，赖洪禧经常从麻涌跑到各地讲学授徒。然而，在赖洪禧看来，诗歌并无高低之分，只有风格不同。在嘉蓉、罗珊、郑荣有几位学生的眼中，赖洪禧丝毫没有老师的架子，他经常带着学生游玩作诗，为了更好地提高学生们的诗艺，赖洪禧想出了一个奇特的方法：师徒几人同写一首诗。在几位诗人的作品中，他们用不同的笔墨写下了不同的夜来香。赖洪禧《红棉馆诗钞》卷四《夜来香》云：微暗天气晚凉时，漠漠轻阴短短篱。眉月窥檐帘半卷，悄无人处最相思；罗嘉蓉《云根老屋诗钞》卷三《花圃四咏·夜来香》曰：夜气蓄风露，花栏飘嫩凉。月明篱落外，人影忽生香；罗珊《味灯阁诗钞》卷中《夜来香》

道：细朵倡条绕女墙，浓荫一架绘斜阳。此花别有风流格，不到黄昏不肯香；郑荣《眠绿山房诗钞》卷二《夜来香》谓：几串奇花向暮开，色香具备岂凡材？怜伊别有销魂处，不愧芳名唤夜来。

从赖洪禧的字里行间当中，总是能品悟出一种独特的惆怅之美。他善于依托环境来升华心境，读他的诗，容易让人的思想找到另一种突破口，也就是我们常说的情绪落脚点。夜来香，是一种在夜间绽放的植物，它的藤条看上去柔弱纤细，然而，它释放出来的花香却并不像花名那般富有诗意，它与生俱来的毒性让很多人望而却步。赖洪禧之所以选择"夜来香"

华阳村（谢雪丽 摄）

这个题目来作诗，恐怕有他自己的用意。面对这样一种复杂的植物，师徒四人从各自的角度写出了对夜来香不同的认知与理解。罗嘉蓉的诗言简意赅，读起来朗朗上口。在这些学生当中，罗嘉蓉比较注重写实，惜墨如金。这个被誉为"凤台诗孙"的罗氏后人，后来为东莞诗歌培养了大量人才，诸如邓蓉镜、陈嘉谟、尹庆举等人。罗珊与罗嘉蓉一样，属于罗氏后人的佼佼者，他们虽师出同门，但两个人的诗风却截然不同。从罗珊的这首《夜来香》来看，明显写出了诗人不拘一格的豪气。罗珊的诗，充满丰富的想象力与浪漫精神。显然，郑荣的写法与罗嘉蓉有几分相似，他们似乎都热衷于写实，并且对汉字的提炼尤为重视。

通过现身说法的方式来激励学生们的创作热情，这种做法在当时的诗歌界产生了颇高影响。师徒四人同写一首诗的故事，很快在周边传扬开来，成了当时诗歌圈的美谈。与此同时，赖洪禧的名气引来无数仰慕者的垂青。当时无锡有位名叫丁玉藻的人，他读完赖洪禧的《夜来香》后赞不绝口。丁玉藻后来在编辑《晋陵诗话》的时候，毫不犹豫地将《夜来香》编入其中。民国初期，东莞篁村人张其淦无意中读到赖洪禧的《夜来香》，难掩心中激动的情绪，后来他在《吟芷居诗话》中这样评价："以为神韵独绝，得未曾有。"赖洪禧的高明之处在于很好地运用了"声东击西"和"转移注意力"手法，他将头顶上那枚弯月与妖艳火辣的夜来香形成鲜明的对比，那一刻，夜来香的清幽之气好比柔美女子的秀发，一点点拨弄着诗人的相思之情。月夜，卷帘，篱笆，这些若隐若现的景致，构成了一幅意境优美的秋夜图。尽管全诗当中没有出现一处夜来香，但夜来香的魂却早已融入读者的心境。

赖洪禧与东莞不少名人一样，扮演着一种神秘的文化符号。从东莞文史学者杨宝霖先生的读书笔记《灯窗琐语》中，我找到了赖洪禧的《到滘杂咏用竹枝词》这首诗，原文如下：万井人家一簇烟，东江三月绕门前。晓来击板乘潮过，白饭红虾出水鲜。嫁女朱陈总共村，家家馈节有壶樽。神农渡口人如织，一缕红丝绾髻根。笛鼓嘈嘈三五宵，亲姻酒肉互相邀。月明争趁看灯女，酩酊扶归人过桥。异品争夸住水乡，昌黎南食好评章。寻常一味蟛蜞解，敌得虾蟆马甲香。共说围田花利多，纷纷塞箔向江莎。为图蟛蛤能供食，不种桑麻只种禾。

　　《到滘杂咏用竹枝词》写出了岭南水乡的与众不同，类似蟛蜞、小虾、蛤蟆这些生活中的平常之物，都可以在赖洪禧的诗作中变得栩栩如生。这首充满浓厚乡土气息的《竹枝词》，读起来不仅朗朗上口，而且给人一种身临其境的切身感受。赖洪禧用"词"的形式，将万家灯火的温暖画面表现得淋漓尽致，水乡

华阳村环村小河（谢雪丽　摄）

风情跃然纸上。道滘与麻涌都是水乡，与其说赖洪禧在写道滘，不如说他写的就是自己的故乡麻涌。不得不承认，很多时候诗人在创作的过程中，总是会不由自主地写到自己的出生地，有人说这是一种内心深处的自觉性。

翻阅赖洪禧的作品，他还写了一首称赞麻涌蒲基贞烈女的诗：婉娈何知苦节贞，纵栽连理亦空名。红丝可是千金诺，白首珍如一日盟。只有荒磷堪自照，更无铿凤许和鸣。此风岂独惭巾帼，行道获闻太息声。通读下来，这首《袁贞女》给人一种酣畅淋漓的气势。如今，只要麻涌的后人读到这首诗，内心深处总有一种说不出来的自豪感。

道光乙亥（1839 年），赖洪禧被越来越多的诗人熟知。有一次他在回麻涌的路上，刚好要经过道家山的凤台诗社。当凤台诗社的诗人们得知这个消息，一个个激动地手舞足蹈，大家都渴望有机会向赖洪禧当面学习写诗。然而，赖洪禧却是一个对诗要求非常严谨的人，当他读完大家交上来的一些诗作之后，失望地摇了摇头，随后一个人悄悄来到西城楼下的一间店铺闲逛，正好看到店铺管账先生台上放着一本厚厚的诗集。诗集的作者便是后来向赖洪禧学习写诗的袁显芬。赖洪禧看到袁显芬的诗作大吃一惊，他觉得袁显芬的诗歌稍加修改，日后定会大有作为。从那以后，赖洪禧教万江大汾村袁显芬写诗的故事便被传颂为一段佳话。

对于一位诗人来说，恐怕没有什么比出生地更能激发他的创作灵感。我没有统计赖洪禧一共写了多少首咏叹家乡的诗，但从他留给后人的几本著作当中，可以找到他对出生地的真情实感。是的，出生地就像是生活中的脚印，永远印刻在诗人的精神版图上。尽管我没有去过麻涌玄帝庙，无法亲身感受赖洪禧写在石碑上的那段碑文，但时光终归会慢下来，让《北华坊甃路碑记》这篇以孟子之意号召村民捐款修路的文章变得更有意义。透过历史的时空，今天的华阳村已经有了自己的车水马龙。华阳湖上，每天的人来人往，每年的春花秋月，总会迎来五湖四海的朋友来此聚集，在这些路人的精神世界里，华阳湖就是昔日的西城楼。

当我再次品读《城楼晚眺》的时候，内心深处似乎多了一种感悟：悠悠岁月，诗歌带给大地的厚重将被越来越多的人记住。

秀才和天女

黎芷明

　　南宋开庆元年，麻涌华阳湖畔住着一户贫寒人家，主人姓黄，名统，字德云，虽年近而立，可尚未迎娶妻室。黄统自幼饱读诗书，弱冠曾中秀才，却视功名利禄如粪土，不愿出仕为官，长年与病母徐氏相依为命。

　　景定三年，麻涌大旱，田地干裂，禾苗枯黄，粮食严重歉收。妇孺采摘野果充饥，渔民下湖捕鱼为食。夏至那天，素衣仙女忽然心血来潮，只为一睹红尘万象，化身为一羽白鹤，从天宫飞临华阳湖。驻足观望时，猎人王安却将一支猎枪瞄准白鹤，只听得"砰、砰"两声枪响，白鹤应声而倒，顿时鲜血长流，望天悲鸣不止。见猎物中弹，王安从树脚飞奔而出，疾步直扑白鹤。恰在这时，黄统荷锄归来，看到生灵即将成为刀俎之肉，黄统即刻厉声喝止："汝且住手，白鹤乃灵性吉祥之物，你我理应呵护善待，岂可随意杀戮！"王安回过头来，高声质问道："眼下饥馑日臻，我家老幼连日粒米未进，嗷嗷待哺，鹤命与人命，孰重孰轻？"黄统沉思片时，许诺用两斗稻米换回白鹤之命，王安欣然应允。

　　黄统将伤鹤抱回家中，为其清洗创伤，昼夜精心护理。谁知天气炎热，白鹤伤口溃烂，病情顷刻转增，生命危悬一线。白鹤哀鸣声声，早已惊动了徐氏，她从病榻上挣扎着站起身来，语重心长劝告黄统："此鹤双目含泪，神情忧伤，绝非世间凡品，定是稀有灵性之物。你快去请张郎中来，为白鹤及时祛病疗伤。"黄统事母至孝，可想到家里一贫如洗，他面露难色说道："娘，家中仅剩一两银子，我得为您买药治病呢。"徐氏含泪答道："我已身患绝症，病入膏肓，虚费钱财何益？白鹤危在旦夕，此时尚可救治，倘若错失良机，我将内疚一生，死难瞑目矣。事不宜迟，你快去吧。"母命不可违，黄统拊膺大恸，思潮翻涌，洒泪趱程而去。张郎中来到黄统家中，入室观看，竟是一只带伤的白鹤！张郎中疑惑不解，不肯为鹤下药。此时，徐氏扶杖而入，大声说道："鹤命如同人命，拯救生灵，诚为善事，郎中不可迟疑。"遵从嘱咐，张郎中为白鹤刮骨排脓，敷洒药粉，包扎完毕，随即辞别而去。

　　张郎中医术精湛，更得黄统细心看护，旬日之后，白鹤转危为安，伤病痊愈。一日黄昏，白鹤长鸣三声，展翅腾飞而去，顷刻间，消失于九霄云外。黄统顿生嗔怒，连声抱怨道："我们竭力救护白鹤，它竟然无情无义，悄悄飞走了。"徐氏敛容说道："我等行善，全凭良心，岂望报乎？"黄统默然无语，只身凭栏嗟叹。

　　经夏历秋，转眼已是隆冬时节。大寒那天，徐氏终日呻吟，痛入骨髓，突然口吐鲜血，昏迷不醒。危急时刻，黄统栉风沐雨请来张郎中，渴望奇迹出现，老母能起死回生。看到徐氏气息奄奄，命若游丝，张郎中摇了摇头，无可奈何答道："令堂寿数已尽，虽华佗再世，也无能为力。"片语抚慰后，张郎中告辞而回。黄统肝肠寸断，伤心欲绝，只得为母准备后事。

却说素衣仙女返回天宫后，昼夜暗想着徐氏母子，定要报答救命之恩。大寒晚上，风雨交加，素衣仙女化装成一名民间女子，手携葫芦来到黄统舍前，毕恭毕敬乞求道："外面风雨正浓，敢到贵宅借宿一宵？"黄统此刻心如刀绞，低声答道："草舍浅狭，更兼老母病危，恐有不便。"女子马上说道："妾非嫌贫爱富之人，可否拜望令堂一面？"见女子言语得体，友善可亲，黄统不假思索同意了。二人来到病床前，女子凝视着徐氏病容，寻思片刻后，她回头对黄统胸有成竹说道："令堂积劳成疾，以致身体受损，服用普通药物无济于事。妾有仙丹三粒，敬请令堂即时服下，必然立竿见影；若无疗效，妾愿以命相偿。"黄统闻言大喜，即刻接过仙药，回身敬奉给老母。徐氏服下药丸，立刻转危为安，须臾竟能下地行走。徐氏以手加额，感恩不尽，凝望着仙女长叹道："若非仙丹救命，老身已成黄泉一鬼。萍水相逢，感谢不忘。我若有你长久做伴，那该多好。"女子拜伏于地，随即答道："我本是素衣仙女，之前化身为鹤，险些遭人宰杀，幸亏你们母子及时相救。大恩难忘，妾愿为令郎执箕帚，朝夕相伴左右。"徐氏恍然大悟，一时惊喜不已，慌忙扶起女子，即令黄统纳其为妻。

得知素衣仙女下凡不归，且已嫁为人妇，玉皇大帝勃然大怒，即引天兵天将来到麻涌，定要捉拿素衣仙女回宫问罪。见父皇亲引兵将忿然而来，素衣仙女拜伏泣求道："我已不恋天宫荣华富贵，愿意留在人间，与黄统同甘共苦。若天兵以刀枪威逼，我即请死于父皇之前，誓不回宫。"见女儿苦苦哀求，玉帝长叹一声，慨然答道："既然华阳湖亦是福地，你就留在此间吧。"言毕，玉帝腾云驾雾，率领兵将飞回天宫。

从此，黄家三口互敬互爱，晨昏守望着华阳湖，悠然迁延时日。月复一月，年复一年，八百载光阴流逝，时至今日，麻涌百姓依然传颂着这则美丽故事。

麻涌旧八景之一：白鹤榕荫（潘伟权　摄）

重　逢

刘林波

　　这天，盲婆婆往日一样独坐在河边的石墩上，悠悠地唱呀唱说呀说，声音渐渐着小，不久便打起盹来。

　　一阵凉风吹了过来，有个人忽然站到了她跟前。盲婆婆没全盲，眼睛隐约还有一丝丝的光亮，她伸出脖子看啊看，才知道对方也是位老太太。

　　老太太慈眉善目，衣着华丽，气度不凡，笑盈盈地看着她。盲婆婆万分惊喜，顺手抹去悬挂在鼻尖上的清涕，一个雷响般的喷嚏发射了，水星子恰恰喷射在了老太太脸上。老太太没有半点埋怨，还是温和地朝她笑。盲婆婆还在怔，老太太倒先说话了，大妹子，天这么凉，你一个人这样坐着，在等谁呢？

　　等我男人丢丢，他到河对岸找吃的去了，落日前就回来，俺在等他的好消息。你瞧，肚子里正怀着小宝宝，要补身子呢。盲婆婆说着，满脸的兴奋和渴望，浑身抖动着，欲甩掉身上的灰尘，可是怎么也下不去。老太太怜惜地摇摇头，从怀里掏出一粒药丸，给盲婆婆闻了闻，盲婆婆很快安静了下来，枯萎的脸上挂起了伤感。老太太念叨着，谢天谢地，终于把你的魂儿从过去拽回来了。

良久，盲婆婆吃惊地问，你谁呀？好熟悉的声音。

我正要问你呢，如果没认错的话，你就是三十年前从莞乡华阳湖出走的百灵吧。

是又能咋地？

可怜的妹妹，总算找到你了，我是你的堂姐金丝啊，还认得吗？

金丝？盲婆婆倾着身子，脖子伸得更长，再次端详着眼前这个叫"金丝"的老太太，整个身子猛地拥了过去，又泣又诉。

我俩本是华阳湖鸟国里普通的一员，好多年前，听说远方有个仙山叫凤凰山，有望完成神仙梦。我俩便费尽千辛万苦，飞了不知多少天才找

华阳湖荷花（莫汝建　摄）

到。还记得当年的凤凰山有多美吗？那可是上天王母赐给鸟类的天堂，已有千年历史了，那里有瓦蓝瓦蓝的天空，茂密无际的森林，沁人心肺的空气，清流的小溪，还有狼虫虎友陪伴，多么美好与温馨的世界啊。当然，最难忘最快乐的，莫过于一年一度的赛歌会了。

是啊，一到阳春三月，万物复苏，凤凰大王诏告天下，各地高手纷纷前来参赛，观众成千上万，连上天也派特使前来助兴，那场面那气势可谓举世无双。作为东道主，大王鼓励我们，一定要靠实力把奖杯留在凤凰山，但冠军只有一个，百灵、灰灰、丢丢、布谷、二喜代表咱们凤凰山，水平也不差上下。倒是百灵你技高一筹，决赛中，大家都是独唱，你却独辟蹊径，和丢丢来了个珠联璧合，情歌对唱，一首《好山好水好妹妹》震撼全场，一举压倒所有对手，摘取桂冠。

是冠军害了我啊！如果当年和姐姐一样安心修炼多好。在领奖时，大王问有什么要求，我说"赐法力"，大王允了，如今却成这样子了，求生不得，求死不能。

金丝说，不，只怪二十年前那场灾难。赛歌会不久，轰隆隆的铲车来了，家园一天天在蚕食，代替森林的是一家挨着一家的工厂，数不清的烟囱，常年冒着熏人的浓烟，又蓝又亮的天空没了，清澈的溪流变成了恶心熏人的污水。可是凤凰大王法力有限，也是无奈啊，只好让咱们分头行动另择家园。我和大王他们飞啊飞，觅了好几个月，最后还是在老家定居了下来。可是百灵，当时你怎么不走呢？

百灵叹了口气说，我和丢丢在那次赛歌会中相恋了，你们准备搬家时，我还沉浸在蜜月里，美梦中，总觉得法力无边，应该可以抵御一切。工厂喷出的烟雾，还以为自己已经能腾云驾雾了；呼吸着刺鼻空气，心想，只要有爱情，这点苦算什么，渐渐地，味觉没了，喉咙嘶哑了，眼睛也熏得看不到了。更可怕的是，后来树林被砍光了，家也没了，这时，才想到要远走高飞，却力不从心。好在土地公有情，他是我当年的粉丝，见我可怜，主动当向导，领着我夫妻俩，先在垃圾场，再去污水沟，最后才来到这还算清静的河边。

丢丢呢？

十多年前，他到河对面找吃的，再也没回来，听土地公说是他眼睛不好，撞死到烟囱上了。

唉，过去的就让它过去吧。想不想咱华阳湖回老家呢？

不想，人类在建设，估计生存环境也好不到哪里去。

妹妹，你说错了，华阳湖可不一样，它有独特地理优势，加之人类投资保护和建设，如今已成为沿海有名的自然风景区，是人与鸟类共同养生的地方，人间有爱和谐相处，环境特别的好。妹妹，我千辛万苦找你，就是要请你回去。

可你看我这样子，走得了吗？再说这几年，这里的人类也渐渐有了环境危机感，正在积极改变，不然我早没了。

此次前来，我带来一个天大的好消息，听了你一定动心，凤凰大王计划在华阳湖举办一个全国性音乐会，还分老中青三个档次比赛，各地歌手纷纷响应，当年的冠军你可不能错过啊！

百灵苦笑地摇了摇头。

金丝知道妹妹的心思，说，我是凤凰大王的御医，精通医术，你这点问题不算啥，我的功力，立马可以让你身体恢复如初。

河边起风了，石墩忽然空荡荡的，寂静的天空中，几声清脆的鸟声划破了天际，留下两道美丽的弧线。

华阳塔

刘柳芬

在蔚蓝色的星球里，有一个地形像一只硕大的雄鸡的国家，名为中国。在中国这片广袤的神州大地的南端有五座山（五岭）——越城岭、都庞岭、萌渚岭、骑田岭和大庾岭，在五座山的南边（即岭南）有一个平凡的小镇——麻涌镇，这个小镇里有许许多多的河道，众多的河道汇聚成一个巨大的湖泊，湖泊旁有一座塔，名叫华阳塔。它是一座木质塔，楼高七层，虽然历经百年风雨的洗礼，但仍高高耸立在小镇上，像一位历史见证者，默默观察着这个小镇千百年来的历史变迁和世态风情。

"华阳塔"的由来

麻涌镇位于三角洲地带，镇里有众多宛然盘旋、大大小小的河道纵横交错，这些清澈河水交汇成许多大大小小的池塘，由于这里的环境优越，有很多不同姓氏的人迁到这里定居。早期生活在这里的人民在土地里种植水稻、甘蔗、香蕉、瓜果蔬菜等农作物，在池塘里养鱼、种荷花，家家户户还圈养一些鸡鸭鹅，过着自给自足的农耕生活。又由于该镇东临狮子洋，有绵长的海岸线，居民还可以出海捕鱼，这里的居民不仅可以吃到河鲜，还可以吃美味的海鲜。

虽然麻涌镇物产资源丰富，但由于当时生产力、科技和医学落后，限制了人们对美好生活的追求。人们一直盼望着麻涌镇能够人丁兴旺、人才辈出，有人认为水多的地方阴气大，为了阴阳调和，于是兴建了一座玲珑宝塔——"华阳塔"。虽然建造华阳塔的原因并无科学根据，但寄托了麻涌镇人们的美好愿望。人们要是登上塔顶，可以对地势平坦的麻涌镇一览无余。

麻涌镇的人民靠着智慧和汗水克服各种的困难，一代代繁衍生息，尤其近百年，随着国家的日益强盛，麻涌镇的人们在政通人和的太平盛世中过上了安居乐业、丰衣足食的富庶的生活。

"水浸街"的风波

这个小镇每年的四至六月都会下暴雨，暴雨引发大水，由于发生在端午节前后，这里的人称之为"龙舟水"。在20世纪70年代末，在麻涌镇大胜村里有一户普通的人家生了一个儿子，在这个小孩出生那年发生了一次大水，取名叫水生。水生出生后的几个月里，都是由水生妈妈莫子衿在家一边照看孩子，一边处理家务，水生的爸爸赵飞扬自己一人到田里干活。赵飞扬是个二十出头的年轻小伙，是土生土长的麻涌人，书念得不多，只有初中文凭，但是他并没有放弃学习，经常看报纸、听说书。他个子不高也不矮，相貌堂堂，头发乌黑浓密，眼睛大大的，炯炯有神。由于自小就开始劳作，原本白净的脸庞被太阳晒得红红的，那双臂的肌肉像两个小节瓜，非常强壮。五月十二日那天，天阴沉沉的，好像要下雨，却始终没有下，赵飞扬照常带着农具要到田基劳作，出门前，他看看床上的儿子，又看看妻子，说："昨天在涌口沙垒土，觉得还不够高，今天继续在那里拐泥枕（垒土）。"

莫子衿有点担心，但又说不上担心什么，迟疑一下应道："好，早去早回。"

莫子衿原本是城里的人，她的样子挺俊秀的，烫了个大波浪卷发，柳叶眉下水一双丹凤眼，高高的鼻梁下有一张樱桃小嘴。她的个子不高，站在赵飞扬旁边，显得赵飞扬特别的高大，莫子衿被派到麻涌镇当知青，后来认识了赵飞扬，两人情投意合结为了夫妇。

"飞扬、飞扬……"门外传来了水生爷爷的呼喊声。水生的爷爷赵九仔，约摸 60 来岁，是一个非常有农作经验的老人，他有七个子女，三男四女。他担心就会发大

华阳塔的夜色（莫锐煊　摄）

水，如果真的发大水，那来势会很猛，一下子就可以淹没农田，如果这时孩子在农田干活就会有危险，全部农田被淹，哪怕熟悉水性的农民也是很难从那么远的地方游回家。他分别到七个子女家里挨家劝告他们暂不要去田里干活。

"老爷，飞扬他已经出门去涌口沙做野（干活的意思）了。"子衿连忙应声道。

赵九仔一愣，没想到自己还是来晚了，"哦，好的，我马上去找他回来。"他马上赶去埠头，跳上自己的小艇，河涌发大水水流有点急，他也顾不上那么多，凭着自己多年的扒艇经验，拼命地往涌口沙扒去。他一边划桨，一边看两岸的情况，水位不断上涨，原本的小沟渠都变成了小河，远处的七层的华阳塔都只看见四层了，当他快到涌口沙的时候，发现涌口沙都全被淹，飞扬站在高地上的香蕉树旁，水已经齐腰高了。"快，快，快上艇！"赵九仔朝着飞扬大声喊。飞扬连忙向小艇游去，双手按着船缘一使劲，身体一个鲤鱼打挺就翻爬进艇。"阿叔（有的人称呼自己的爸爸叫'阿叔'），我发现水从河边涨到脚下，就马上往家的方向跑了，我没跑出多远，水都齐腰了，幸好您扒艇来接我，不知道家里现在情况怎样了？"

赵九仔外表看起来像高山那样冷峻，他平静地说："我们赶紧回去看看。"同时，他在加紧划桨。当回到停船的埠头时，根本见不着埠头，水已经漫到大街小巷上，只见平时系船绳的竹竿只露出水面一点点，像是在插在大河中央似的，飞扬干脆从艇跳下水，直接游回岸上，站起来后水已淹到膝盖位置那么深，村民们都纷纷赶回到家。飞扬回到家，眼看水已经快齐床板的高度了，5个月大、已经学会翻身的水生正趴在床边，想去抓床边的水，眼见快要掉进水里了，飞扬一个健步过去把儿子抱起。这时，子衿刚好从楼上下来，看到这情景也吓得花容失色，子衿怕水淹没家里所有东西，把能搬的东西都往楼上搬，没想到水淹得太快，一下子就涨到了床高度了，客厅、房间、厨房都有半米深的水，幸好储存大米的瓮足够高，还未被淹。她是第一次遇到家里被淹。此时，收音机播放一首广东童谣："落雨大，水浸街，阿哥担柴上街卖，阿嫂出街着花鞋，花鞋花袜花腰带，珍珠蝴蝶两边排……"赵飞扬夫妇俩你看看我，我看看你，飞扬无奈地笑着说："真系吾知摞景定赠庆，子衿，嫁到乡下地方就委屈你啦！"子衿安慰飞扬说道："飞扬，你别这么说，我一点都不觉得委屈，其实，我初到麻涌时，觉得'麻涌镇'可以改为'上水镇'，既有'上善若水'之意，也有'常水浸'之音。"同时也幽默了一把，大家苦中作乐。

经过这次大水后，麻涌镇政府在各条村都修建了防洪水闸，安排专人看管，从此以后，尽管每年都有暴雨、涨潮的发生，麻涌镇再没有发生过水浸街的事件。

"咸水潮"的回忆

有一年，麻涌镇出现"咸水潮"，因淡水河流量不足，海水倒灌，咸淡水混合造成河道水质变咸，家家户户的自来水都变得像海水一样咸，根本不能用来烧水煮饭，勉强用来洗澡，洗完后会觉得身上黐立立（即黏乎乎的意思），用来洗衣服的话，衣服晒很久都不干。

一个宁静的早晨，突然听见有人在大街上喊："大家快拿担干（即扁担）、水桶出来担淡水啦喂！"已经三岁大的水生原本在门前的台阶上兴致勃勃地看着母鸡带领着小鸡走来走去，一到听见这个消息，就连忙进屋，穿过客间，走进厨房，对奶奶说："阿婆（个别家庭称呼奶奶叫阿婆），有人叫担水啊！"

水生的奶奶年将近六十岁，虽然年纪大，但很注重仪容仪表，每天早上都洗头。她的头发很长，每一根发丝都齐腰长，没有刘海，每次等头发干了后就编一条大松辫，然后把这条像麻花一样的长辫子盘成一个髻。她用一个背带背着水生的弟弟正在厨房里煮稀饭，这个厨房整齐地摆放木柴、禾秆草（干稻草）、干蕉叶，旁边有三个灶，一个用来放直径一米宽的大锅，另一个放着一个七十厘米高的大饭煲，这两个灶都是自己家用水泥和砖块砌成的，平日就用柴火煮食，而最小的那个灶是从市场买回来的泥质灶，可以灵活搬动的，这个小灶用来放小瓦煲，里面放了米、咸鱼、花生等材料，专门给家里小孩煮吃的。奶奶正在给孙子煲粥，她听到水生说的话，马上用背带包头网包裹好小孩的头部，把包头网的两条小绳子往上一拉，平整地固定好，以免挑水的时候会磕碰到孙子，连忙一手拿着一个水桶，另一只手牵着水生往街上走去。

附近的邻居大白天很少关着门，大家都是边进门边打招呼边直接闲聊的。奶奶一边走一边挨家挨户说："去拎水啦！"水生一直跟着奶奶走，看见家家户户的老人、妇女都纷纷走上大街。大街上的人慢慢地越聚越多，人们都往大街的西边走去，穿过小桥到了河的对面，往前走就是华阳塔，接着来到了小码头，人们带着各种各样的水桶早早地排起长长的队伍。这里种有许多大榕树，水生第一次来小码头，觉得这些榕树很大，要五、六个小朋友手拉手才能抱住树头，岸边砌有一条形似长城的堤坝，旁边停泊了很多艘大船。水生平常看到的一般是小艇，第一次见到大船，再往远处眺望，还有各种各样的大船在江上航行，他顿时兴奋地跳了起来，挥动着小手，跟远方的大船打招呼："大船，你好呀，大船，你好呀！"然后抬头一看，天上有一只银色的"小鸟"在高空中飞着，但它没有扇动翅膀，像老鹰一样滑翔，它比老鹰飞得还要高很多很多呢！"奶奶，您看，那是什么鸟？"水生拉着奶奶的衫尾问道，目不转睛地看着那只"银色小鸟"。奶奶慈祥地笑着说："那是飞机，里面还坐着人呢。"水生心里对天上的"银鸟"顿时产生了一串串的疑惑，飞机上还装着人？不用翅膀就能飞到天上去？是怎么能做到的呢？……带着满肚子的疑问，看看天上的"大鸟"，再次拉着奶奶的衫尾，跟着排队取水的队伍一直往前蠕动。

改革开放改变了人们生活

镇里的农民经常说的一句农谚"天养人肥粒粒，天吾养人皮揢骨"。随着改革开放的政策实施，农民洗脚上田，尝试寻找新的出路，摆脱靠天吃饭的局面。赵飞扬虽然只有初中文凭，但是平日有看报纸、练字，能写得一手好字，谈吐得体，感觉还是有点文化水平。在工人朋友阿满的介绍下来到某港资贸易公司工作，有时协助报关人员处理一些日常业务，其他大部分时间在港口码头当监装工人，主要负责监督工人把货物装卸货物。这家贸易公司的员工大多是大学毕业，有个中专学历的小伙子跟飞扬闲暇聊天，问飞扬是哪所大学毕业，飞扬风趣调侃地说："社会农业大学高材生，从小就研究农业种植技术。"两人呵呵大笑乐了一番。

刚开始，飞扬每天骑自行车骑 20 多公里去上班，虽然辛苦，但每个月都能准时拿到工资，这让他干劲十足。经过努力打拼，他也积攒了一些积蓄，不仅把家里的家具换成红木，还购买了一台 32 寸彩电、一台 VCD 机和两个大音箱，在家就可以唱歌了，他还给自己买了一辆摩托车，不用再骑自行车了。那时水生已经读小学了，经过刻苦努力，赵飞扬相继考取了叉车证、港监证和报关证，他熟悉掌握了港口码头的运作流程，每个流程的活都能干。朋友阿满决定放弃"工人"这个铁饭碗，跟飞扬合作开报关公司，公司就开在华阳塔旁的小商铺。公司运营之初，规模很小，他们既是老板也是员工，经过四处奔走，逐渐建立起生意网，业务量慢慢增加起来，陆续聘请几名员工，他们很懂得关心员工，人性化管理，给员工适当提升福利待遇，生意也就越做越红火了。

小镇的道路变得越来越好了。小时候去一趟集市，水生需要坐着爸爸的单车走上一段好长的路，连人带车坐小艇过河；读小学了，普通沥青路修好，他就坐着爸爸的摩托车去上学；读初中时，道路升级，还装上路灯，能坐着爸爸的小车去市区学习弹吉他。

赵飞扬记性特好，比较熟悉的生意朋友的 CALL 机号、手机号码他都能牢牢记在脑里，随手拿起电话就能直接按对方的号码。水生这个优点跟赵飞扬很像，这孩子虽然个子不高，但脑袋瓜特好使，他很爱干净，从不会在书上涂涂画画，别人都用上各种颜色的荧光笔在书上圈圈点点，以便更好记忆，他什么都不干，却能牢牢记住，尤其数字，几乎过目不忘，水生虽然看似不用功，但其实他的学习方法不同，他爱思考，不爱死记硬背，他有他的记忆方法，一点都不像书呆子整天埋头苦读，但每次考试都是稳居第一。香港回归的那一年七月，对于水生来说，是丰收的七月，他以省高考状元的身份考上了北京大学医学部，本、硕、博连读。赵飞扬本来只是普通的小老板，儿子金榜题名，大家都在夸赞他的儿子有出息，乡邻八舍都频频来到家中造访，想请教学习的秘方，镇里的记者还到他家中采访，他们家顿时也成了村中的"名人"。几十年过去了，赵飞扬退休了，天天在家练字品茶；莫子衿成了广场舞爱好者；水生成为一名知名的医学教授。

寒来暑往，四季轮回，麻涌镇的故事从过去一直延续到未来，华阳塔百年来一直矗立在水边，如同智者般默默地见证着这个小镇发生的每一个故事。

记忆中的龙舟往事

谢雪丽

农历五月是水乡麻涌传统的"龙舟月"，起龙舟、包粽子、走亲戚都是每年固定的传统习俗。每当龙舟划过，榕树下、埠头边总会站着许许多多的龙舟迷，人们对龙舟的热情延续了数百年，并一代接一代地传承下去。这不禁令人想起了宋代诗人黎廷瑞在《端午东湖观竞渡》所写的诗句：

> 记得当年年少时，兰汤浴罢试新衣。
> 三三五五垂柳底，守定龙舟看不归。

华阳湖碧波荡漾、柳絮荷香、亭台楼阁、景色宜人，但令其高名远扬的一个重要因素，却是因为华阳湖是中华龙舟大奖赛的举办地，也是龙舟比赛第一次入选全运会的赛场之一，东莞麻涌光大龙舟队在此屡次夺冠。可以说，龙舟是华阳湖的水魂，也是麻涌人民传承"海纳百川、厚德载物、守望相助、和谐发展"香飘四季精神的精气神所在。

　　麻涌是"龙舟之乡"，在东莞久负盛名。扒龙舟也是麻涌镇非物质文化遗产项目之一，全镇共有四个"龙舟景"，分别是五月初九"漳澎景"、五月十四"南洲景"、五月十六"麻涌景"、五月十八"鸥涌景"。五月十八"鸥涌景"是麻涌镇的最后一景。鸥涌管辖下有一条名为"蒲基"的自然村，蒲基村在行政划分上也归并到鸥涌村，所以，农历五月十八也是蒲基村的"龙舟景"，是该村一年中最热闹的日子。这个名不见经传的小村落立村于明朝洪武二年（1369 年），有谢氏始迁于此而立村，因盛产蒲桃果而得村名。蒲基村面积很小，村里大部分村民姓谢。它坐落于东江北干流的下游，与增城市新塘镇隔江相望，位于广

麻涌镇蒲基村

深高速公路东江大桥的南端，离麻涌出口约 300 米，是从广深高速进入

东莞市的第一站。高速桥的两边，放眼远眺，尽是望不到边际的香蕉林，便知已进入了东莞市界。

从我有记忆的时候起，每年的农历五月，外公都会带着我到"兄弟村""趁景"。如：增城区仙村镇潮山村、新塘镇甘紫村、广州南岗区水南村、麻涌镇南洲村和华阳村等。我曾好奇地问村中长辈，为何会与距离遥远的外市村庄结为"世好"？年过九旬的长者道出了大概的故事：结为"世好"的历史要追溯到清朝年间，具体时间和原因已无从考究，由于甘紫村、潮山村、水南村与蒲基村同为谢姓，俗话说："同姓三分亲"，虽然没有确切史料证明这四个条村是否同一脉，但这段友好来往、文化交流、姻亲互通的历史一直持续到今天。

每年的龙舟节，村与村之间都会互相邀约"趁景"，划着满载龙船饼、爆竹、水果等食物的龙舟到友好村参加龙舟宴。每当接近"世好村"和"兄弟村"的龙舟景时间，村委会就会发出"趁景"活动的通知，我的外公、爸爸和舅舅就会早早地跑去报名。据说，在七八十年代时期，参加"趁景"活动是没有工钱或红包的，都是自愿参加，而且还得"自掏腰包"解决活动的"伙食问题"，由于当年物资匮乏，村集体并不负责队员们的伙食，自愿参加活动的队员需要自带一筒白米（约半斤）交给村委会作为当天的活动伙食，菜品则由村里负责解决。尽管如此，村民报名还是相当踊跃，龙舟艇座位总共只有 60 多个，报名人数超过 80 人，村民用"站满了龙筋"（是指船中间连贯全船的几条长长的木板）来形容大家对参加"趁景"的热情。当时的蒲基村人口还不到五百人，报名参加活动的人数就占村总人口数的 20%，可见，当年村民们对龙舟活动的热情是如此的高涨。活动名额"僧多粥少"，于是，村委会就采取了"优胜劣汰"的选拔方式挑选队员。"要一大早去趁景，没有工钱，还要自带伙食，为什么还会有如此多人争相参加呢？"我饶有兴趣地问道。长辈笑着答道："那个年代，到'世好村''趁景'，对方会十分热情地招待来访的'世好村'，我们能够吃上一顿很丰富的龙舟宴，有鱼肉、鸡肉、猪肉等等，对我们来说，那已经是一件很满足的事儿了，根本不计较什么工钱，都是为了想到村外去见识见识，凑凑热闹罢了。"每年新塘镇举办龙舟节，蒲基村都会踊跃自发去"趁景"，即使是"不请自来"也好，都想去凑个热闹。活动当天，队员们按时在大会堂集中出发，在热闹喧天的东江河上，无论偶遇的是哪条村的龙舟，双方进行简短两句的沟通后，便随即"一决高下"，这样的即兴赛是没有奖品的，纯粹的友谊赛。曾经，有过一段有趣的龙舟故事，在某一年的新塘镇龙舟比赛，村民跟村里报告赛果说："我们村扒了个第四名啊！"，乍一听，还以为是意外爆冷的喜讯，紧接着补充说："是四条龙舟进行初赛，我们'扒'第四！"。话音刚落，在场的听众顿时笑成一团。这个故事一直被笑传了很多年。其实，在那个因经济制约而缺乏体育文化活动的年代，龙舟比赛就是一项意义重大而影响力大的传承文化、维系友谊、社会团结的群众性运动，也反映出那个时代人民群众积极进取、乐观向上的精神面貌和良好的社会风貌。到了上世纪九十年代，村里很多人为了生计外出打工，六十人的传统龙舟能够凑齐训练和比赛，成了一件不太容易的事儿!

九十年代初,还是小学生的我们很好奇为什么从来没有女性参加这一活动,也不让女性踏上龙舟。有一次,村里来了好几个讲着普通语的男男女女,对停泊在埗头边的龙舟产生了很大的好奇,一跃而上,纷纷跑到龙舟上玩。正在凉棚里纳凉的村民们见状当即跑到岸边,大声责骂,要求他们马上从龙舟艇上下来,那几个人被吓得赶紧下来,慌忙离开现场。听村民说,历史以来,龙舟传统习俗是不允许女性参加。女人属阴,男人属阳,女人参加的话,有损龙舟的阳气,会带来不祥的。而且,也不能穿鞋子跨上龙舟,龙舟划过桥底下时,人们也不能站在龙舟的正上方等等,否则会被视为对龙神的不敬。我似懂非懂地听着,只知道女孩子不可接触龙舟就对了。村民们也一直自觉、严格遵守着这一习俗。虽然,女孩子不能坐在龙舟上一尝挥桨划浪的豪迈,但每次龙舟环村巡游,无论男孩女孩,都是龙舟迷,成群结队沿岸追着河中游走的龙舟,一路喝彩呐喊,龙舟在众多热情"粉丝"的追随下,"扒手"们也兴致勃勃地用船桨挑起水花往岸上泼,还不时向高处燃放鞭炮,小河上洋溢出热闹的节日气氛。

小时候,我们喜欢过龙舟节的原因,除了村委会会给村民派发龙舟饭或龙舟利是以外,更开心的是可以到邻村"趁景"。八十年代的麻涌,河涌纵横交错,路桥交通不便利,人们往来大多通过水路。拜访邻村亲友,都是用扁担挑着手信,步行到岸边,再乘坐人力蕉艇过河,几经周转,才能到达目的地,两村的距离即使只有几公里的路程,也得要耗上一两个小时甚至更长的时间。即便这样，依然挡不住人们在龙舟节走亲戚的热情。亲友们大多会大摆龙舟宴席，热情款待远道而来的亲朋好友。这样的"趁景"活动，最开心的是小朋友们。因为跟大人们去"趁景"走亲戚，平时不常见的长辈都会礼貌性地给小孩们一点小红包，所以，除了春节以外，"趁龙舟景"也成了我们儿时最为期盼的传统节日。往后的很多年，因为外出读书和工作的原因，能够在家过龙舟节的机会不多，每逢龙舟节，妈妈都会给我打电话，聊聊节日走亲戚的家常碎事，说说龙舟村里参加龙舟比赛的趣事。虽然不能回家过节，但每年的龙舟节，总会惦记着家乡的那些人和事。

我们经常笑称自己是见证跨世纪的人，初中时代，我们有幸参与了从二十世纪跨越到二十一世纪的历史节点。同样的，水乡麻涌的龙舟传统文化也跨进了一个"新世纪"。不知从何时起，龙舟活动破除了旧社会传统中女性不能扒龙舟的禁忌，龙舟比赛增设女子龙舟比赛项目。在镇委镇政府的支持下，各村开始陆续组建女子龙舟队。据说组建女子龙舟队之初，妇女们大多不敢报名参加，毕竟要打破百年来的龙舟禁忌，是需要一段较长的时间让人们的思想与心理去过度和磨合的。经过村干部们多次落户开展思想工作，后来才慢慢地有少数的妇女抛开思想束缚，愿意报名尝试。由村里自行挑选体重适宜、力量大、韧性好、能吃苦的中青年妇女组成女子龙舟队，让经验丰富的男队员带队训练。她们这一代人长年从事艰苦的劳力劳动，各种重活累活都干过，力气普遍较大，也很能吃苦。

2010 年，我婚嫁迁居来到了华阳村，这里的龙舟文化氛围十分浓厚。听说华阳村早在 2001 年已组建了女子龙舟队。这里的村民民风纯朴、勤劳节俭、刻苦耐劳，妇女们的能干是十里八乡公认的，她们既能跟男性一样下田干重活，也能把家里照顾得妥妥当当。每年的龙舟月，在榕树下、埠头边，村民们都会热闹地谈论着龙舟话题。很荣幸的是，我们家婆婆、婶婶和表姐们都是女子龙舟队员。我曾经问过婆婆："划龙舟这么辛苦，又晒又累，皮肤都晒得变黑脱皮，为什么你们还那么热衷参加呢？"她回答说："五六月的太阳很毒，训练时皮肤被晒得刺痛变黑，训练时水面的阳光折射也刺眼，但是，掌握了桨法和技巧后，划起来就会很顺畅，习惯了以后其实也不算很累，我们这代人都是在田里干劳动活长大的，什么辛苦的活儿都干过，这点累算啥！况且，一起训练的时候，大家互相提点，有说有笑，日子久了，都成了朋友，其实也挺开心的，华阳村女子龙舟队的战绩向来不错，得到村民们的认可和村委会的重视，村里企业纷纷给予了支持和奖励，还曾资助我们外出学习和旅游，作为对我们为村集体争得荣誉的肯定和褒奖。日后，当我们这代龙舟人老了划不动了，就靠你们年轻一代接班了。"婆婆经常会翻看珍藏的龙舟照片，绘声绘色地述说着当年龙舟训练和比赛的种种故事，让人深深地感受到老一辈龙舟人发自内心的无比自豪与无限怀念。不经意间，我对女子龙舟队奋勇争先、刻苦坚韧的龙舟精神肃然起敬。每年都坚持参加龙舟比赛的表姐后来更入选了东莞麻涌龙舟队，代表东莞市勇夺广东省第十六届运动会龙舟比赛女子标准龙 100 米的冠军，为东莞争光，为麻涌赢得荣誉。女子龙舟队在赛场上"巾帼不让须眉"的飒爽英姿，呈现的不仅仅是麻涌人民精神的象征，更是一种时代进步的标志。

随着历史的发展和社会的变迁，龙舟活动的娱乐性和竞技性相应增长，慢慢地淡化了其原带有的迷信色彩。但龙舟活动维系人与人之间关系的功能却一直存在。活动期间，亲戚好友，欢聚一堂，共叙亲情友情，增加感情的交往，促进人际关系的改善，与扒龙舟比赛是相得益彰的好事儿！而且，龙舟竞渡是一项集体运动项目，有时村民之间有些小矛盾，但是为了本家族或集体荣誉，大家都会暂时放下一切的个人恩怨，在一起经历胜利、呐喊、挥汗之后，常常会将恩怨得失化小为零，重归于好，能够深刻体现和促进村民们的团结合作精神。

女子龙舟队

　　时光荏苒、岁月如歌。伴随着华阳湖及周边水系里扒龙舟鞭炮齐鸣、锣鼓喧天的欢呼声，这个位于东江之畔的水乡小镇，从过去到现在、从政府到民间、从集体到个人、从小孩到老人，人们对龙舟文化的热情从未退减，反而与日俱增。多年来，麻涌龙舟所取得的辉煌成就，让麻涌人民引以为傲，也为东莞地区龙舟文化的发展历史留下了浓墨重彩的一笔。

从民间传说到省级非遗的神奇故事

南梅先生

每年的农历正月十九，就是麻涌大步"菩萨过坊"活动的日子。在这个活动中，那万人集会的盛况常常让人心潮难平。麻涌有一种"香飘四季"的精神，即"海纳百川、厚德载物、守望相助、和谐发展"，其名称得益于陈残云的小说《香飘四季》，其精神实质却源自麻涌祖先在数百年的水乡生活与发展中形成的一种共识，这种共识是从点滴开始，逐步积累与渐进的。麻涌最大的民间信仰习俗活动"菩萨过坊"，就是麻涌人世世代代"守望相助、亲善和睦"的一个实证。20 世纪中叶，"菩萨过坊"巡游活动也一度被人们视为迷信活动而遭遇停办，但改革开放以后，富含"守望相助，亲善和睦"精神的"菩萨过坊"活动又沿袭下来，得到丰富和传承。"菩萨过坊"活动已经一百多周年了，让我们一起来解读"菩萨过坊"的神秘传奇吧！

朱元璋推行屯田制度　七兵头驻军大步屯田

麻涌最大的民间信仰习俗活动"菩萨过坊"发生在大步村，其最早活动时间可上溯到清朝。然而，"菩萨过坊"活动的形成，却与明初朱元璋推行屯田制度，七个兵头驻军大步屯田的历史事件有关。洪武元年（1368），明太祖朱元璋平天下后，为安抚年老有功又无家可归的军士，让其在广东沿海一带划地而居，屯田垦土，以解决其终身生活，称之为"军屯"。是年，便有得胜军"十五屯"派驻原番禺属地安家立户。其中东村一个屯，军城（今麻二）以董、叶两姓占二屯，称为董叶乡。大步以张、郭、王、宁、赵、蔡、彭七姓兵头率部属分坊而居。

大步村是麻涌较大的一个村。东与朱平沙、锦涡隔江相望；南邻漳澎村；西与麻涌墟镇（本地村民习惯称麻一、麻二、麻三、麻四为麻涌）一河之隔；北与东太村和镇政府办事中心相连，面积9.8平方公里，聚居呈块状分布。大步村曾称"水云乡"，因其与麻涌仅一河相隔，一步之遥（喻大步一跃则可跨河而至麻涌），故名之。大步自立村至1950年初，属广州府番禺鹿步司管辖，称番禺县第五区（后称第四区）十五屯乡大步村（据吴川祝氏族谱记载，大步原属东莞卫所指挥，至雍正年间裁军归民始拨隶番禺。1949年10月10日，大步与漳澎、东太合称漳步乡）。1950年12月至1952年12月，划归东莞县道滘（第八区）管辖；土地改革后划归东莞县麻涌区（第十四区）管辖。1958年为大步大队，1983年设乡，1987年改称管理区，1999年改为村。大步先民利用朝廷优抚屯兵的条件，齐心协力，大量垦地辟荒，祈求丰衣足食，建祠修庙，繁衍后代，教化乡人。全村主要街巷路面用大麻石铺成，每坊四至交界处建有 24 座小门楼，旁奉"土地"神舍，门楼石块横额由名人书题，内涵丰富，修饰文雅。村内文物较多，有观音祖庙、水云寺、平澜古庙（花王庙）、北帝庙、白庙等庙祠，以及连接南北的大石桥，参天古树较多，王坊古棉树龄 300 多年。大步村的发展与繁荣，与七个兵头在大步村开拓沙滩、围土造地、修坐筑基、屯田辟村，为大步村打下了良好的基础有关，他们率领其部下分别选择大步村内的高地居住，屯田垦土，广种稻菽，并以姓氏定坊名，故有张坊、郭坊、王坊、宁坊、赵坊、蔡坊、彭坊之称（俗称"张厦街"、"郭厦街"、"彭厦街"等），沿袭至今。但是，由于七个兵头和众部属都是军人出身，建村筑路与命名都留下了明显的军人作风与军事痕迹。如：全村为块状分布，抱为一团，互为支撑；村口称为"关口"；用大麻石板铺设的道路像铁板一样的坚实，被称为"铁路"，等等。上述种种做法，到了清朝就成了引发"菩萨过坊"的伏笔。

正值四川保路风波起　又传大步修"铁路""关口"

麻涌最大的民间信仰习俗活动"菩萨过坊"发生的历史背景，是 1911 年风起云涌的四川保路运动。正是四川保路运动中"修铁路""自办川汉铁路""把守关隘与清军激战"等字眼，与大步村修"铁路"建"关口"且"关口"还有许多人把守等字眼有着阴差阳错的相似，这才引发了清廷派清兵要血洗大步村以及观音菩萨显灵化灾解难、保佑平安的传说故事。

清末四川人民的爱国运动是辛亥革命的重要导火线。20 世纪初，四川人民为了反抗帝国主义掠夺中国铁路主权，由四川省留日学生首倡，经四川总督锡良奏请，1904 年（光绪三十年）在成都设立"川汉铁路公司"。第二年改为官商合办，1907 年改为商办有限公司。采取"田亩加赋"，抽收"租股"为主的集股方式，自办川汉铁路。1911 年 5 月（宣统三年四月），清政府宣布"铁路干线国有政策"，强收川汉、粤汉铁路为"国有"，旋与美、英、法、德四国银行团订立借款合同，总额为六百万英镑，公开出卖川汉、粤汉铁路修筑权。消息传到四川，川民极为愤慨。6 月 17 日，成都各团体铁路公司成立"四川保路同志会"，推举立宪派人士蒲殿俊、罗纶为正副会长，提出了"破约保路"的宗旨，发布《保路同志会宣言书》等文告，出版《四川保路同志会报告》。全川各地闻风响应，四川女子保路同志会、重庆保路同志协会和各州、县、乡、镇、街、各团体保路同志分会相继成立，会员众至数十万。风潮所播，遍及全川，使清廷陷于窘境。9 月 5 日，在铁路公司特别股东大会上，出现《川人自保商榷书》的传单，号召川人共图自保，隐含革命独立之意。川督赵尔丰奉清政府严令于 9 月 7 日诱捕保路同志会和股东会首要人物蒲殿俊、罗纶、颜楷、张澜、邓孝可等人，封闭铁路公司和同志会。成都数万群众相率奔赴总督衙门请愿，赵尔丰竟下令清兵当场枪杀请愿群众三十余人，制造"成都血案"。成都附近十余州县以农民为主体的同志军，四面围攻省城，在城郊红牌楼、犀浦等地与清军激战。各州县同志军一呼百应，把守关隘，截阻文报，攻占县城。清廷震恐，急调端方率鄂军入川镇压……

正值四川保路运动使清廷陷于窘境之时，清廷又获得密报：广州近邻的大步村正在修"铁路"建"关口"，南方的广州一直是反清复明的重要基地，大步村的祖先大多是明朝的"得胜军"，如今又正在修"铁路"建"关口"，岂不是要造反吗，于是，唯恐乱中添乱的清廷急派出大批清兵赶往大步村，扬言要血洗大步村。

传说中菩萨现身化难　劝诫众村民和睦亲善

清廷派出大批清兵赶往大步村，要血洗大步村的噩讯传来！大步村中人心惶惶，谣言四起，不知如何是好的村民们惊恐万分，有的躲在家中避难，也有一些血气方刚的村民说要与清兵拼个你死我活，明知是以卵击石也宁死不屈。更为可怕的是，个别喜欢惹是生非的村民或在大街小巷，或是走家串户，议论纷纷、传播谣言，说是本村某某向清廷告的密，尽管造谣可恨，传谣可耻，信谣可怜，但谣言并没有止于智者，反而越传越多，越传越真假难辨了。就这样，村民中出现相互指责互相怀疑的现象，最后发展到各坊之间也有了矛盾。

传说，正当村民们人人自危、无计可施、只有任凭大难临头的时候，这天晚上，一位慈眉善目、和蔼可亲的老人出现在大步村里。他挨家挨户地走访劝说，并在张坊、郭坊、王坊、宁坊、赵坊、蔡坊、彭坊等七坊中联络沟通，苦口婆心地告诉大家大难临头时更要"守望相助，和睦亲善"，切不可相互攻击离心离德，只有大家团结一心，同舟共济才能共渡难关。他还叮嘱大家第二天一大早就到村中的菩萨庙里烧香拜佛，切不可到处乱跑，莽撞行事，一切他自有安排！第二天，清兵来到大步村外，只见村中静悄悄的，正不知怎么回事时，一位慈眉善目、和蔼可亲的老人出现在村口，他缓步走到领兵的军官面前施礼道："全村男女老少都是普通百姓，无一人有造反之意，现全体村民在观音庙中等候检查。"清兵军官责问："即无造反之意，为何既修'铁路'又筑'关口'且'关口'还有许多人把守？"老人笑着解释道："'铁路'只是一条路的名字，是祖上修的村内的一条麻石板路，现在只是正常的维修；'关口'也是一个普普通通的村口的名字，所谓的'关口'有人把守其实是村口（关口）旁边建有'关口凉棚'，里面都是一些乘凉、聊天、休息的人，这全是一场误会！"随后，老人带着官兵来到村口并参观了关口凉棚。只见关口凉棚傍岸而建，为竹木结构，榕荫鸟语、碧水映衬、小船摆渡、环境优美、客旅如梭。村民在此乘凉、聊天、憩息，确实是来往大步麻涌之间旅客歇脚避雨的好地方（关口凉棚后几经沧桑拆除，2012 年 1 月重建）。见此情景，官兵们放下戒备之心，又进村看过了所谓的"铁路"，便原路返回复命去了。

官兵们撤退后，这位慈眉善目、和蔼可亲的老人又来到菩萨庙，谆谆告诫村民们：张坊、郭坊、王坊、宁坊、赵坊、蔡坊、彭坊等所有的大步村民都是一家人，要记住将来不管遇到什么样的困难与灾难，都要同舟共济、共渡难关。再三嘱咐七坊及全体村民要"守望相助、和睦亲善"后，这位慈眉善目、和蔼可亲的老人突然不见了。众村民蓦然发现，老人与庙中供的观音菩萨长得是一模一样，大家一致认为是观音菩萨显灵化灾解难，保佑了大家的平安。

知恩图报建观音祖庙　世代子孙抬菩萨过坊

为感谢观音菩萨显灵搭救使村民平安无事的大恩大德，大步村民人人信奉观音，家家供奉观音菩萨，祖祖辈辈都称大步是观音乡主，大步村中七个坊每个坊都建有一间供奉观音的观音庙。村民们烧香拜佛祈求年年国泰民安、风调雨顺、村里人个个身体健康，平安大吉、村民从善和谐。然而，有细心的村民发现每家每户供奉的观音菩萨形神总是没有避难的那间庙中的菩萨慈眉善目、和蔼可亲，想到那位老人说张坊、郭坊、王坊、宁坊、赵坊、蔡坊、彭坊等，所有的大步村民都是一家人，大家要"守望相助，亲善和睦"，村民们决定全体捐资新建一座观音庙，作为大步七坊及全体村民共同的观音祖庙。

观音祖庙始建于1912年（1989年进行重修过）。庙址位于麻涌镇大步村宁坊附近，东临创兴二路，又名观音堂。据大步乡创建观音祖庙碑记《创建观音祖庙序文》"我大步之崇拜观音不知始于何时，而父老之传闻已觉多历年，所以特以向寄水云未崇庙宇，念七坊之香伙妥大士之，神灵矢众吁于乡人，址于社学于是热心帮助巨款，斯积锸畚蚁聚土木鸠营排浩翠而栖楹抗虚，虹而架栋仲秋始建，腊月落成大木呈材厦拓，三弓之地老榕垂荫，门临一水之溪愿后之，登斯堂者观庙貌于千秋，祝心香于一瓣将见，慈云普覆法雨均沾爱纪片言以志愿起。"观音祖庙坐向为坐西向东，三开二进四合院式布局，硬山顶，抬梁穿斗混合结构，长 20 米，宽 10 米，面积约为 200 平方米。首进的壁画、石刻字、砖雕及石碑文基本保存完整，梁柱的雕刻工艺精美，有其门联为证：坐拥莲花四民共荷慈云荫，瓶簪杨柳七约长沾法雨恩。平时每逢初一、十五，都有无数的本地或外地民众前来进香、参拜。庙内现存有观音神像和右殿供奉抬观音巡游的龙亭，右殿供奉抬观音的"龙亭"用名贵的紫檀木雕刻而成，工艺精湛，是村民公认的村宝。1999 年观音祖庙被公布为麻涌镇级文物保护单位。

1912 年观音神庙建成后，大步七坊村民集体举行了祭拜庆典活动，而且，从第二年（1913 年）起，常怀感恩之情的大步村民们，为了缅怀观音菩萨到七个坊逐个劝说村民们要"守望相助，亲善和睦"的往事，每年的正月十五到正月二十九，都会举行"菩萨过坊"的庆典活动。观音菩萨平时供奉在大步观音祖庙中，而在"菩萨过坊"的日子里，则由村民们抬着在村里的各坊巡游。按照习俗，每年由一个坊做主会。上年供奉观音的那坊称为"旧主"，本年的则称为"新主"。正月十五，当天旧主会用香茅水为观音沐浴，且村民都会在家里煮斋，准备送观音菩萨。次日即正月十六，新主组织人去旧主迎接神。新主接来观音后亦要为其沐浴，次日正月十七，新主的众人就可以开始拜祭这尊观音了。正月十八、十九这两天，新主就举行"菩萨过坊"的出巡游会活动。

传承中内容更加丰富　成麻涌最大非遗活动

大步村民举办"观音过坊"的活动从 1913 年开始，至今已经整整一百年了，在这漫长的传承过程中，"菩萨过坊"的内容更加丰富了。如：在观音出巡时，其他的各坊都要组织舞狮、舞凤等娱神、娱人的活动，又如：搭起戏台连唱几天的粤剧；摆起千桌席遍邀亲朋好友及水乡周边"友好村"的嘉宾共同赴宴；榕树下凉棚内的民间特制食品原汁原味；土特产品销售、民间工艺品制作等令人眼花缭乱。

依照习俗，正月十九日观音诞生会当天，全坊人食素，举行游会。出游队伍，带会头，必须是本坊老年男性，且儿孙满堂，其八字不能犯冲观音，他还必须熟悉本村，熟悉仪式且善行走，他手捧一装红丝绸的盘子，丝绸上写或绣有"福""禄""寿"字样；担吊炉，一位中年男性担着一个大香炉，中插一枝用纸质的花装饰得香；担香案，四个青壮年男子各担着一个香案；举牌，四个青壮年男子，分别找四块牌子，出行时以自左至右"水月宫、回避、肃静、水月宫"为顺序；抬龙亭，用八个男性青壮年，穿着类似旧时官家轿夫高帽、红腰带，另有八人准备替换。村民认为抬龙亭非常荣耀，因此主持人竞相争当，每年都必须挑选才能够决定。挑选的原则是"上下齐全"，即双亲在世、夫妻和睦、下有儿子。被挑选上后，抬龙亭前的一个月里，他们不能喝酒，吃肉，近女色；扶神，选四个男性；色妹，由童男、童女充当，长相标致，打扮漂亮，扮作仙童，跟随龙亭，最少须八对共计十六人；大班、护卫，由轮流抬龙亭的男性青年充当，最明显的标志是戴有高帽；打铜锣、担花篮，少男、少女，男孩打铜锣，女孩担花篮，需一一对应；抬九霄，八个男性，两组人抬，每组一个人扶霄，两个专门负责拆下，食贡时将九霄安上；抬龙亭底座，两个男性负责，到食贡点，必须提前将龙亭底座在指定地点安放好，以便安放龙亭。观音菩萨的龙亭所经过之处，家家户户都燃放鞭炮以示欢迎。当天场面非常热闹，众人都涌到大街上参拜，一睹观音菩萨的风采，希望沾一点福气，得到菩萨的庇佑。游会队伍及路两旁的民众个个眉飞色舞，兴高采烈。很快地游会队伍回到观音祖庙，这时又进入到新的高潮，添香油钱，参拜者络绎不绝，广大善男信女依依不舍地走出观音祖庙，期盼下一年游会办得更加精彩。可以说，"菩萨过坊"这项民间信仰习俗活动，已经丰富发展为麻涌百姓祈盼美好生活，开展民间文化娱乐活动以及传承"守望相助，知恩图报"等香飘四季精神的一项民俗文化节庆活动。

对于大步"菩萨过坊"，过去有不少人误认为是一个宗教活动。然而，经东莞市非物质文化遗产中心领导和专家以及中山大学著名学者的共同调研和初步考证，认为这是一项民间信仰习俗活动，属于非物质文化遗产范畴。今年，正值"菩萨过坊"活动一百周年，由大步王坊担任主会坊的"菩萨过坊"精彩活动即将开始，让我们一起拭目以待吧！

董叶将军与"军城"的故事

王晓明

南方水乡之城东莞市麻涌镇，有一处年代久远的"军城"遗址，英姿飒爽的董叶将军的石头雕像，赫然立于仿建的古城门前，显得格外伟岸。"董叶将军"，其实是一个姓董的将军和一个姓叶的将军的合称，他们二人具体叫什么名字，又是什么级别的将军，现在已无从考究。但是董叶将军，却在当地留下了许多动人的传说，深受后人敬仰。

据传，朱元璋历经千辛万苦，打下江山建立了明朝。俗话说"打江山容易，坐江山难"，明朝建立之初，面临内忧外患，甚是不易。虽然打败了元朝蒙古人，但是蒙古人本是游牧民族，居无定所，来无影去无踪，即便打跑了他们，等明军一撤退，他们马上就组织力量，从不同方向攻过来，重新占领明朝的土地，抢夺汉人财物。而国内，也有元朝的势力在不断负隅顽抗，企图制造动荡不安的时局。而此时，一个更大的危机到来，由于年年征战，造成全国粮食危机，致使许多地方处于大饥荒境地，民不聊生，弄得朱元璋整天焦头烂额。

那一年，董将军和叶将军持皇令率兵入岭南，清除元朝残余的敌对势力，以及打击海盗与匪患。董将军和叶将军所部，经过许多场惨烈的战斗，虽然平息了多处叛乱，但也付出了惨重的代价，原本三千多人的军队，将士们战死战伤，只剩下不到三百人。董将军和叶将军心痛不已，好在已为地方剪除了祸患，他俩率领残部，准备回朝。他们行至"古梅乡"（今东莞市麻涌镇）进行休整时，却收到加急圣旨。原来，朱元璋命令他们整建制就地军屯。

"军屯制"起源于西汉，元朝经过改进后也在用，朱元璋继续沿用"军屯制"，也是没有办法的办法。朱元璋本身出身草根，他深知民间的疾苦，而吃饭的问题是摆在老百姓面前的头等大事，道理也很浅显，没有吃的老百姓就会饿死。没有吃的士兵就没有力气去打仗。没有吃的国家更会动乱。还谈什么富民强国？于是，"军屯制"的作用继续凸显出来，朱元璋首先在京畿与辽东、西南边境推行了军屯制，命令朝廷卫、所的士兵就地屯田，条件成熟后，他便开始大力向全国推行。

这不，"军屯制"就像一阵风一样，一下子就推广到了岭南。明朝的"军屯制"范围广，规模大，超越了以往任何一个朝代。不管是驻防边疆还是内地的军队，每一个兵士都由国家配给一定数量的土地或自行去开垦荒地自耕自种，以免去老百姓的负担与转运粮饷的困难，实现军队的自我供给。

收到圣旨，董将军和叶将军当时就蒙了。他们深知，自己的部下大部分是北方人，对南方的气候难以适应，而且他们的家眷、亲朋好友也都在老家，光是这份亲情，就难以割舍。若是长期滞留岭南，恐怕军心不稳，难以管理。然而，皇命难违，军人以服从命令为天职。董将军和叶将军经过合计，组织召开了动员会议，以安定军心，鼓舞士气。

动员会上，董将军交代了"军屯制"的特殊时代背景和意义，无非是国家刚刚建立，国库空虚，物资匮乏，老百姓吃不饱穿不暖，军队供给不足，朝廷统治基础不稳固，因而"军屯制"的建立可以保证军队粮饷的供应等。接着，他话锋一转，要求众将士放下手中的武器，就地开垦荒地，进行农耕生产，向农民学习，下地种田，饲养家畜、生产粮食。

从军人到农民，这让多数士兵或多或少感到失落与失望，他们当初投军，大多数带着英勇杀敌，出人头地，将来谋取一官半职的目的，现在他们出生入死，杀敌无数，取得了胜利，原本是带着喜悦的心情回去等候朝廷封官赏赐的，却忽然得令要他们解甲归田，这不等于被打回原形了吗？当初当兵打仗的愿望落空，尽管他们有一百个不情愿，但又有什么办法呢？在强大的国家机制面前，个人的荣辱得失，不过是一粒微尘，风儿轻轻一吹，便迷失了方向。

按照朝廷的政策，军屯的土地是国家的官田，其实质是国家授权给军队开垦，通过军事编制将屯兵约束在其中进行生产劳动，并和农民一样需要向国家缴纳租税。别说众士兵们不情愿，就连董将军和叶将军也憋了一肚的气。他俩立下的军功无数，现在不得不就地进行军屯，等于他们的官运也到头了，弄不好还要一辈子都待在麻涌这个偏僻荒凉的地方。

动员会虽然暂时消除了杂音，但前路未卜，将士们各怀心思，大家都不开心。更麻烦的是作为"军屯"的官田，朝廷也没有划拨给他们，朝廷的意思要他们自行解决。

三百多个军士要穿衣吃饭，还要解决官田等问题，董将军和叶将军决定去找县令商讨对策。第二天，董将军和叶将军带领一小队士兵，一早来到县令府，县令听明来意，不好意思地说："二位将军啊，实在对不住，我这里能给你们的，只有荒地了，麻涌那边的荒地，你们尽管开垦，开多少都算你们的。至于其他方面的困难，就需要你们自己克服了哦。"

从县令府回来，董将军和叶将军顾不上喝口水，就带着县令的口谕相继拜访了麻涌本地的几位族长和乡绅，争取他们的支持。

说实在的，自从董将军和叶将军的军队驻扎麻涌后，麻涌几个大家族的族长和乡绅的确紧张害怕了一阵，怕他们骚扰老百姓，抢吃抢喝，甚至强抢民女。但是，大家是虚惊一场，这种事情从来没有发生过。因为，两位将军勒令部下，对当地民众秋毫无犯。这样的军队无疑是好军队。对于

军城（莫锐煊　摄）

将士们，为他们提供技术指导，提供农作物种子等力所能及的帮助。

开垦荒地，建设良田是一项艰苦的工程，董将军和叶将军带着军队，披星戴月，不辞辛劳，很快初具规模。"军屯"建设有了起色后，董将军和叶将军奏报朝廷，建立档案，将军队更名为"十五军屯"。

军民一家亲。善良的麻涌老百姓总是细心地向将士们传授种植经验，使将士们能在开垦出来的荒地上，不断种出香蕉、水稻、莞草等农作物。董将军和叶将军领导的十五军屯，将大量的荒地变成了可耕之良田，除了解决了军队自身的粮饷问题，还向朝廷上缴了许多租税，减轻了朝廷的财政负担。他们也救济当地一些穷苦的老百姓，缓和了当时的社会矛盾。自给自足，自娱自乐，慢慢地，众将士逐渐习惯了在南方的生活。可以说"军屯制"给明朝带来了许多实实在在的好处，正所谓："战不废耕，则耕不废守，守不废战。"

秋收后，几十个不知情的海盗结伙来麻涌打劫，他们按照惯例分成几组人马，轻车熟路地往富有的乡绅家里钻，他们抢完乡绅抢老百姓，抢到了不少粮食和金银财宝。正当他们自鸣得意，欲乘船逃跑时，却发现船不见了。原来，他们一进麻涌，就被董将军和叶将军部署的暗哨盯上了，他们乘坐的船早已被士兵藏了起来。等海盗发现情况不对，为时已晚，大批屯田士兵和一些被训练有素的麻涌本地年轻男子手持军械、鱼叉、砍刀，从四面八方包抄过来，将他们团团围住。

董将军威严地对海盗说，"你们放下手中的武器还有抢来的东西，各回各家吧，以后别来麻涌干这种勾当了。如果再让我见到你们，绝不留活路，统统砍头。"说罢，董将军大刀一挥，一棵碗口大的树应声齐腰而断。海盗们惊出一身冷汗，连滚带爬地离去，不敢再来冒犯。

自从这件事发生后，十五军屯的将士与麻涌老百姓的感情更深了。

后来，随着政权的变更，董将军和叶将军又有了新的使命，他们奉命率领军队离开了。将士们走了，却将置办的大量农具，饲养的牲口，剩余的粮食，还有开垦出来的众多良田，全部留在了麻涌，为麻涌的发展创造了有利条件。

岁月如歌，时光推动着时代不断前行。如今，董叶将军和"军城"，早已成为后人追忆历史追忆两位将军的一道独特风景。

麻二公园内董叶将军像（莫锐煊　摄）